辻番奮闘記六

離　任

上田秀人

集英社文庫

目次

辻番奮闘記六　離任

《主な登場人物》

斎《いつき》 弦《げん》ノ丞《のじょう》　平戸藩士。江戸詰め馬廻り上席辻番頭だったが帰国。長崎辻番頭となる。
　妻・津根《つね》は家老滝川大膳の姪。

志賀一蔵　平戸藩士。江戸詰め辻番だったが、帰国し辻番組頭となる。

松浦肥前守重信　平戸藩主。

滝川大膳　平戸藩江戸家老。弦ノ丞に辻番を命じた。

徳川家光　三代将軍。

松平伊豆守信綱　老中。三代将軍家光の寵臣。島原の乱を鎮圧。

玄内　松平家藩士。伊豆守腹心。

堀田加賀守正盛　老中。三代将軍家光の寵臣。

阿部豊後守忠秋　老中。三代将軍家光の寵臣。

土井大炊頭利勝　大老。二代将軍秀忠の頃よりの重鎮。

馬場三郎左衛門利重　長崎奉行。九州の大名を監察する役目。

高力摂津守忠房　島原の乱後、島原藩主となる。

大久保屋藤左衛門　長崎の唐物商人。イギリスとの密貿易を狙う。

末次平蔵　長崎代官。大商人。

第一章　難題の日

一

松浦肥前守重信《まつらひぜんのかみしげのぶ》は不満を抱えていた。

「家臣を貸せとは無礼な」

杯を呷《あお》るようにしながら、松浦肥前守が吐き捨てた。

「お怒りはご無理ないことではございまするが……」

対面している肥前平戸《ひらど》藩江戸家老滝川大膳《たきがわだいぜん》が、松浦肥前守をなだめようとした。

「老中の指示だというのであろう」

松浦肥前守が一層頬をゆがめた。

「斎《いつき》を貸せ……か。家臣を貸し出すのが、どれだけ忠義にひびを入れる行為か、わかっておらぬ」

恩と奉公。武士の根本はこれに尽きる。家臣は主君から禄《ろく》あるいはそれに匹敵する知行地や扶持米《ふちまい》、合力金をもらう代わりに、軍役を果たしその指図に従う。極論をいえば、それらを支払わなければ、主君は主君たり得ない。

忠義とは安定だからこそ生まれる。

だからこそ、幕府は忠義をその根本に置いた。乱世を終わらせ、戦を消し去った徳川《とくがわ》家が手にしたのは泰平。力こそ正義だった価値観を泰平に合わせて変えなければ、幕府は保《も》たない。強い者が天下を取る。この当たり前を覆さなければ、徳川家の世は長続きせず、新たな覇者によって崩されてしまう。

幕府は、徳川家は、新たな覇者が登場しないように天下に鎖を付けた。

一つは身分の固定である。どこの馬の骨かわからない者が時勢に乗って大名に、天下人になる。徳川家康《いえやす》はこれをもっとも怖《おそ》れた。なにせ豊臣秀吉《とよとみひでよし》という実例を見続けてきたのだ。

庶民の間から能ある者が出てこられないよう、幕府は武士とそうでない者との間に厳しい壁を作った。武士でない者には武器を持たせないことで、幕府は叛乱《はんらん》の芽を摘んだ。

次に武士に忠義を強いた。

「君君足らずとも臣臣たれ」

馬鹿でも無能でも主君には尽くせ。

こう教育することで、下剋上《げこくじょう》を封じた。

しかし、ここに矛盾が生まれてしまった。

忠義は主君だけに捧《ささ》げられる。そう、徳川直臣でない諸藩の陪臣は将軍への忠義を持っていなかった。家臣にとって禄をくれるのは主君であって、将軍ではなかった。たとえ将軍が大名に領地を与えていたとしても、家臣は関係ない。

当然、将軍への忠義の心など持つわけもなく、その指図に従うこともなかった。

これが泰平の世の正体であった。

それを松平伊豆守《まつだいらいずのかみ》は崩そうとしていた。

肥前平戸藩の家臣である斎弦ノ丞《げんのじょう》を松平伊豆守は手足のごとく使おうとしている。将軍にさえ忠義を誓わない家臣を、吾《わ》がものとして使嗾《しそう》する。そのくせ弦ノ丞への禄は平戸藩に支払わせ、己はなにもくれてやらない。

これは恩と奉公という武士の理念を破壊するまねであった。

「そのようなことはできませぬ」

もちろん、松浦肥前守は拒絶できる。

あくまでも弦ノ丞の忠義は、松浦肥前守へ、いや、松浦家へ向けられるものでなければならないのだ。

なれど、拒絶は虎の尾を踏みつける行為であった。

「愚かなりし」

松浦肥前守は父隆信《たかのぶ》のした将軍親書偽造、台湾《タイオワン》一部の割譲要求にあきれていた。

「いかに大炊頭《おおいのかみ》さまが後にいたとはいえ、こえてはならぬ一線がある」

「…………」

主君の嘆きに滝川大膳は無言であった。

まさに松浦肥前守の言うとおりだと考えているが、なにせ非難の対象が先代の当主。短かったとはいえ、滝川大膳も仕えたことがある。どのような場合でも主筋《しゅうすじ》への批判は避けるべきであった。

「ふん」

同意をえられなかったことに、松浦肥前守が不満を見せた。

「まあいい」

大きく息を吸って松浦肥前守が気分を変えた。

「呼び出しはかけているな」

「はい。江戸へ戻れと指示は出しましたが……」

「長崎奉行の馬場《ばば》か」

言いにくそうな滝川大膳に松浦肥前守が長崎奉行の名前を出した。

「長崎辻番《つじばん》の手が減ることは許されぬと」

「勝手なことを。長崎辻番など余は認めておらぬぞ」

滝川大膳の報告に松浦肥前守が憤った。

実働できる兵力を持たない長崎奉行所は、長崎警固《けいご》の大名をその配下として幕府から付けられている。

とはいえ、現在の長崎警固は、異国からの船への対応で手一杯で、とても長崎の町にまで手は回っていなかった。

平戸の閉鎖で唐物《からもの》問屋などが雪崩を打つように長崎へ移住してきている。当然、荷揚げ人足たちも仕事を求めて長崎へ集まってきた。

長崎は未曽有の混乱状態にあると言っていい。

だが、それを捌《さば》くだけの能力も人手も長崎奉行所にはなかった。

「なければ借りればいい」

長崎代官から長崎奉行へと転じた馬場三郎左衛門《さぶろうざえもん》は能吏であった。

「斎とか申す平戸の藩士は、江戸で辻番頭を務めていたというではないか」

弦ノ丞の経歴を把握した馬場三郎左衛門は、早速に動いた。

長崎辻番の誕生であった。

「手柄を立てているそうだの」

憎々しげに松浦肥前守が言った。

「はい。長崎奉行さまも頼りになさっているとか」

「ふざけたことを」

松浦肥前守の機嫌がより悪くなった。

「いかがいたしましょう」

滝川大膳が、弦ノ丞を無理矢理呼び返すか、長崎奉行馬場三郎左衛門の要望に応じるかを尋ねた。

「どちらもせぬ」

松浦肥前守が首を左右に振った。

「それは……」

主《あるじ》の返答に滝川大膳が戸惑った。

「余が斎を呼びつければ、馬場三郎左衛門が不満を持ち、呼び出さねば松平伊豆守がうるさい」

一度松浦肥前守が言葉を切った。

「……ならば、当事者でやって《つ》もらおうではないか。伊豆守へ事情を報《しら》せる」

松浦肥前守が口の端を吊りあげた。

江戸に在府している大名には、月次御礼《つきなみおれい》という義務があった。

毎月一日、十五日、二十八日の三度、江戸城へ登城し、将軍家へ挨拶をする。言うまでもなく、一人一人目通りをして、言葉をかけてもらうわけではない。

「御成《おなり》」

小姓組頭の合図で、大広間に待機している大名たちの前に家光《いえみつ》が現れ、無言で腰を下ろす。

「頭が高い」

「…………」

やはり小姓組頭の合図で大名たちは平伏する。

「お戻り」

その様子を黙って見て、そのまま家光は帰る。

「お顔を……」

家光の顔を見ることなどかなわない。それどころか、言葉さえ発してくれないのだ。

それでもしなければならない行事であった。これは大名が将軍へ忠誠を誓うという儀式だからである。

当たり前ながら、その他大勢とひとくくりにして目通りを終えるため、さほど手間取るものではなかった。

「では、これにて」

目的をはたしたところで、すぐに帰れるわけではなかった。

「お話を」

「願いごとがござる」

多くの大名が、執政への面会を求める。

「多忙じゃ」

「留守居役を通じよ」

といったところで、相手は御三家でさえ遠慮する老中である。そのへんの大名など歯牙にもかけていない。

「伊豆守さまにお目通りを願いたい」

そんななかに松浦肥前守の求めもあった。

「お待ちを」

金を包まれた御用部屋坊主が、松平伊豆守のもとへ向かった。

御用部屋坊主は、その名前の通り老中が執務する御用部屋の雑用をこなすのを役目としていた。坊主と呼称されることからわかるように、僧体で身に寸鉄も帯びてはいない。身分も武士ではなく、僧侶と同じく俗世とのかかわりを断ち切った者として扱われることから禄も少なかった。

それを補うように心付けを欲しており、なにを頼むにしても金が要る。

「伊豆守さまは、ご多用でございますれば」

金なしでは取次さえしてもらえないが、

「お伺いいたしてまいりまする」

御用部屋坊主が望むだけの額を渡せば、仲介の労をとってくれる。

「松浦肥前守が……待たせておけ」

知らされなければ、松平伊豆守には誰が何の用があるのかわからない。それこそ会う会わないを決めることさえできないのだ。

もちろん、御用部屋坊主が仲介しようとも、

「会わぬ」

拒否されることはままある。

ただ、今は松平伊豆守も松浦肥前守に無理を押しつけているだけに、無下に扱うわけにはいかなかった。

老中との面会で待つというのは、御用部屋の外、入り側と呼ばれる畳廊下の隅と決まっていた。そこで老中が御用部屋から出てくるのをひたすら待つ。

なにせ天下の執政である。その多忙さは言われなくともわかっている。「待て」と言われてから小半刻《こはんとき》（約三十分）から半刻（約一時間）はまちがいなくかかった。

「かたじけなし」

松浦肥前守は御用部屋坊主に一礼して、少し離れたところで端座した。

「……あそこか」

小半刻ほどで松平伊豆守が御用部屋から現れ、松浦肥前守に顔を向けた。

「ようやくか」

松平伊豆守は、弦ノ丞が江戸へ着いたとの報告だと思っていた。

「長崎奉行馬場三郎左衛門さまがお手放しくださらず……」

待たせていた松浦肥前守の話に、松平伊豆守が唖然《あぜん》とした。

「余が、老中が呼んでいると申したのであろう」

「そのように聞いておりまする」

確かめた松平伊豆守に、松浦肥前守が答えた。

「長崎奉行ごときが、老中首座の指示を無視するなど、あり得ぬことじゃ」

松平伊豆守が、松浦肥前守に不満をぶつけた。

「…………」

松浦肥前守は、無言で頭《こうべ》を垂れるだけであった。

「……なにを考えておるのだ、長崎奉行は」

「長崎の治安維持に当家の力が要ると」

苛立《いらだ》つ松平伊豆守に、松浦肥前守が述べた。

「長崎警固には、佐賀も福岡もおろう。いや、それらこそが主力であるはず」

松平伊豆守が正論を口にした。

「それについては、長崎奉行さまよりなにもお報せはなく」

詳しい事情はわからないと松浦肥前守が逃げた。

「問い合わせもしておらぬのか」

手抜かりだと松平伊豆守が松浦肥前守を責めた。

「申しわけなき仕儀ながら、なにぶんにも相手は九州の大名を監察する長崎奉行さまでございますので」

要らぬことを問うて睨《にら》まれては困ると松浦肥前守が言いわけをした。

「……むっ」

松平伊豆守はうなるしかなかった。

なにせ松平伊豆守自身が島原《しまばら》の乱を理由に平戸を訪問、その豊かさに危惧を抱《いだ》き、オランダ商館を取りあげた経緯がある。

松浦肥前守が長崎奉行に気を遣うのは当然であった。

「わかった。余から話をしておく」

「お手数をおかけいたしまする」

嘆息した松平伊豆守に松浦肥前守がふたたび頭を垂れた。

「用件はすんだの」

「お願いがございまする」

背を向けかけた松平伊豆守に松浦肥前守が声をかけた。

「願い……申してみよ」

足を止めた松平伊豆守がうながした。

「当家を長崎警固役から外していただきたく」

「長崎警固役を辞めたいと」

松浦肥前守の求めを松平伊豆守が確認した。

「当家の身代では、長崎警固という大役は果たしがたく」

金がないから辞めたいと、松浦肥前守が婉曲《えんきょく》に言った。

「二十万石の身代と言われておるようだが」

意地悪く松平伊豆守が松浦肥前守に告げた。

「交易の利を失った当家は、表高に届きませぬ」

「今まで蓄えたものがあろう」

首を振った松浦肥前守に松平伊豆守が返した。

「あれは万一のための備蓄としておりましたが、新田の開発、江戸屋敷の修復などでほとんど尽きましてございまする」

交易を失った松浦家は、新たな収入を得るべく、領内の開発、殖産興業に励むしかない。そして、そういった類いは、莫大《ばくだい》な投資をしても金を生むまでに数年から十年のときが要る。さらに先年、空き家となっていた松倉《まつくら》家江戸屋敷の火付けに巻きこまれ、平戸藩江戸屋敷も類焼した。この修復にも一万両近い金がかかった。

いくら交易で潤っていたとはいえ、年間何万両も稼げるわけではなかった。いや、たしかに一年で一万両を超えたときもあったが、それらは城を整備したり、新型の船を購入したりで使ってしまった。

とくに十万石でも足りないといわれた規模の城を建てた費用はすさまじかった。しかもそれだけの金をかけた城を松浦家は完成間近に焼き払った。

「朝鮮、明《みん》への押さえとなるようにいたせ」

松浦家がそこまでの城を建てたのは豊臣秀吉の指図があったからである。なによりも派手好きな豊臣秀吉の意に添うようにと巨大化した城は、西北九州を代表する堅固なものとなった。

だが、その城が邪魔になった。

豊臣秀吉が死に、天下の行方が徳川家康に傾いてしまった。

やがて関ヶ原の合戦で、豊臣家は没落、徳川家が天下を獲《と》った。

「まずいの」

豊臣秀吉に気に入られ交易などで優遇された松浦家は、徳川家から敵視される可能性が高い。ましてや、九州のなかでも指折りの名城を持つとなれば、より立場は悪くなる。

「焼け」

松浦家は数十万両をかけた城に火を放った。

「ふぬ。なかなか物事が見えておるの」

この松浦家の対応を徳川家はよしとして、そのまま交易は認められた。

なれど松浦家が大いなる損失を出したのは確かであった。

「家臣を貸し出して、長崎警固までは厳しいと」

「ご推察を願いまする」

念を押した松平伊豆守に、松浦肥前守が頭を下げた。

「…………」

しばらく松浦肥前守を見下ろしていた松平伊豆守が口を開いた。

「なれば、斎が余の望むだけの結果を出して見せたならば、長崎警固は免じてやろう。しかと言い含めておけ」

「かたじけなき仰せ」

松平伊豆守の条件に、松浦肥前守が平伏しながら、見えないように口をゆがめた。

二

辻番は、幕府が江戸の治安維持のために、諸大名、旗本に命じて作らせたものであった。

屋敷の角や門脇に設けた番所に詰め、縄張りとなっている屋敷の外回りを警固する。

これは幕初、まだ戦国の気風が薄れていないころ、辻斬《つじぎ》り、斬り盗《きと》り強盗が江戸で頻発したことによる。そう、幕府は町奉行所の増員、大番組《おおばんぐみ》や先手組《さきてぐみ》による巡回の増加という経費のかかる対応ではなく、大名や旗本にその費用を押しつけたのであった。

まさに苦肉の策であったが、功は奏していた。

江戸の治安は格段によくなった。

「効果ありだの」

諸大名も辻番の効果を理解し、城下にも辻番所を作るところが増えた。

しかし、その経費を負担していない幕府は、意義をわかっていながら費用を出し渋って、大坂、甲府、駿河《するが》、長崎などの直轄地に辻番を設置しなかった。

「異国との問題は尽きぬ」

そんななか、長崎奉行となった馬場三郎左衛門利重《とししげ》は、任地の治安に不安を抱いた。

かつては平戸にあったオランダ商館を移設させ、海外との交易を長崎だけに絞った幕府だったが、幕府の軍備を増強しなかった。

「平戸藩に長崎警固助役をさせればよい。平戸の松浦家は裕福だからの」

長く異国との交易で利を得てきた松浦家の財政は豊かであった。それに目を付けた老中首座松平伊豆守信綱《のぶつな》が無理難題を押しつけてきた。

「お断りをいたしたい」

収入のもとを奪った相手である。さらにオランダ商館を失い、交易ができなくなった平戸藩の収入は激減するとわかっている。もともと海賊として玄界灘《げんかいなだ》から朝鮮沿岸を荒らし回っていた松浦家の領地は、長崎の西の入り組んだ入江とその周辺の島であり、耕作できる土地は極端に少ない。だからこそ海賊行為と交易に頼らざるを得なかったのだが、その両方を失った今、金のかかる長崎警固など御免被りたいというのが本音であった。

しかし、幕府の命令は絶対であった。

「改易」

関ヶ原の合戦で勝利し、征夷大将軍《せいいたいしょうぐん》の地位を朝廷から託された徳川家は、すべての武家を統括する権を持っている。

幕府の意向に逆らうことは、謀反として扱われ、大名家の領地、身分、生命の保証はなくなった。

とくに交易の収入で石高以上の軍備を保持していたことを松平伊豆守に見られてしまった松浦家は、弱い。

「不相応な大筒、鉄炮《てつぽう》、火薬の備蓄は、謀反を起こす気であったな」

そう言われては、終わりであった。

「承知　仕《つかまつ》った」

平戸藩は、苦しい台所により一層の負担がかかることを知りながら、引き受けるしかなかった。

とはいえ、すぐに長崎警固ができるわけはなかった。

すでに長崎警固として、福岡藩黒田《くろだ》家、佐賀藩鍋島《なべしま》家などが赴任している。そこに入りこむとなれば、調整もいる。なにより長崎の地を知らねば、行ったところで右往左往するだけで役に立たない。

「長崎へ行き、下調べをいたせ」

江戸で下僚ともめて、領国へ帰された辻番頭斎弦ノ丞へ、藩から指示が出たのはある意味当然であった。

弦ノ丞は江戸にいたとき、島原の乱で取り潰された松倉家、大きく領地を削られた寺《てら》沢《さわ》家が復活したいと考えて打った無謀な手を防いだ。なかには、牢人《ろうにん》となった松倉家の者たちが旧松倉家江戸屋敷に火を放ち、寺沢家に唆されて御成行列を襲うという暴挙もあった。

「できる」

「使えそうじゃ」

それらに対処し、大事になる前に収めた弦ノ丞の能力を滝川大膳、そして松平伊豆守が認めた。

「吾が姪《めい》を妻に」

滝川大膳は弦ノ丞をいずれ藩の重役とすべく、血縁との婚姻をさせて取りこんだ。

「差し出せ」

それに比して松平伊豆守は、要求するだけであった。

松平伊豆守にとって、尊敬すべきは三代将軍家光一人であり、それ以外はすべて道具でしかなかったのだ。

さらに長崎へと赴任した弦ノ丞に長崎奉行馬場三郎左衛門が目を付けた。

「長崎辻番をいたせ」

馬場三郎左衛門は、平戸藩の長崎警固下調べ役として来た者を徴用した。

「タイオワンの一件について調べろ」

そこへ松平伊豆守が新たな指示を出した。

タイオワンの一件とは、オランダのピーテル・ノイツが台湾島の有力な港を支配、そこを利用しようとする者から高額の料金を徴収しようとしたことに端を発した騒動であった。

「ふざけるな」

当時、まだオランダ商館は平戸にあり、松浦家はそれで潤っていた。

とはいえ、すべての交易をオランダ商館相手にしていたわけではなく、イギリス、ポルトガル、イスパニアなどともおこなっていた。

その交易の場所として、台湾を利用することがあった。

交易は儲《もう》かる。南蛮から買い付けたものは、数倍の値でも飛ぶように売れる。また、松浦家が手配したものも南蛮船に喜ばれて高く買ってもらえる。

まさに笑いが止まらない状態であった。

そこに無粋な手が入った。

港の使用に金を払え。それもかなり高額な金額を。

「やむを得ぬ」

もめないために金を払うという判断もあるが、えてしてこういった武力を使ってものごとを有利に運ぶ者は、自ら求めた要求の水準を維持しない。

「もっと金を出せ」

確実に要求は増えていく。

「これ以上は払えぬ」

どこかで損益の分岐を超えるのは確かであった。

そうなってから、対決するのは悪手であった。

そこにいたるまでに支払った金が無駄になるからである。

「ならば」

最初から要求を撥《は》ねのけるのが正解である。

平戸藩と手を組んでいた長崎代官の末次平蔵《すえつぐへいぞう》は、台湾まで船を出し、ピーテル・ノイツを捕縛、日本へ連れて帰ってしまった。

当然、オランダは抗議してくる。

「最初に無理を言ったのはそちらである。将軍さまはお怒りである。タイオワンのゼーランディア城を明け渡せ」

当時の平戸藩主松浦隆信が、家光の偽書を作成してオランダを牽制《けんせい》した。

「将軍がそこまで愚かなはずはない」

新たにオランダ東インド総督に任ぜられたヤックス・スペックスは松浦隆信と末次平蔵の策を見破り、幕府へ訴えた。

結果、末次平蔵は事情聴取という形で江戸へ召し出されて、そのまま投獄され、獄中死した。

松浦隆信は表だって咎《とが》められなかったが、江戸で足止めを喰《く》らい、十年領国へ帰ることを許されなかった。

こうしてみると、交易の利を守りたかった大名と長崎代官が企《たく》んだだけのものと思えるが、将軍の偽書まで作成しておきながら、罪が軽すぎた。

将軍の名前を騙《かた》る。これは重罪であり、一族郎党が切腹を命じられても不思議ではなかった。

しかし、獄中死させられたとはいえ末次平蔵は罪を得たわけでもなく、江戸へ留め置かれたとはいえ松浦隆信は隠居さえ命じられていない。

「みょうな」

ここに老中首座となって、江戸城の権を把握した松平伊豆守が違和感を抱いた。

幕府は峻烈《しゅんれつ》であった。

関ヶ原の合戦で敵対した石田三成《いしだみつなり》、宇喜多秀家《うきたひでいえ》らを改易したのを皮切りに、跡継ぎを決める前に死んだ大名家は断絶、治政に問題があれば取り潰し、なにか幕府の気に染まぬことを口にしたりおこなったりしたときも罰する。

それこそ幕府によって潰された大名は百を超え、領地を減らされたり、僻地《へきち》へ転じられたりした者は数えきれないほどいる。

そうでありながら、松浦家にはお咎めらしいお咎めは与えられていない。

「あり得ぬ」

それこそ松浦隆信は切腹、一族は流罪か他家へのお預け、家は改易となるべきであった。

「……大炊頭か」

調べを始めた松平伊豆守は、先代の執政筆頭に突き当たった。

土井《どい》大炊頭利勝《としかつ》は、初代将軍家康の母方の従弟《いとこ》であった。家康の母於大《おだい》の方の兄水野《みずの》信元《のぶもと》の庶子松千代《まつちよ》として生まれたが、すぐに水野信元が武田《たけだ》家への内通を疑われて誅殺《ちゅうさつ》されてしまうという大事に見舞われた。

「幼子に罪はなし」

ここで家康が仏心を見せた。

「養子にしてやれ」

家康は家臣の土居甚三郎利昌《どいじんざぶろうとしまさ》へと松千代を預けた。

土居家は美濃《みの》の土岐《とき》源氏の流れを汲《く》む。利昌の土居家は本家ではなく、遠江《とおとうみ》へと移住し一時は早乙女《さおとめ》と称していた。

家康が今川《いまがわ》家の支配から脱却した直後から仕え、微禄ながら信頼されていた。

「家督は松千代に」

土居利昌はその死去に際し、実子甚三郎元政《もとまさ》を差し置いて、土井大炊頭へと家督を譲った。

「遠慮せねばならぬ」

土居家の当主となった土井大炊頭は、義兄を慮《おもんぱか》って土居を土井にあらため、二代将軍秀忠《ひでただ》の側近となった。

その後は、まさに立身の階段を駆け上がっていった。

役料二百俵の小姓から相模国《さがみのくに》一千石、慶長《けいちょう》七年（一六〇二）には下総《しもうさ》小見川《おみがわ》で一万石を与えられ、諸侯に列した。八年後下総佐倉《さくら》三万二千四百石に栄転、秋には老中に任じられた。

「大炊頭にさせよ」

秀忠の信頼も厚く、幕府初期の政をこなし、天下の執政として活躍した。

「天下とともに大炊を譲る。なにごとも大炊にはかれ」

元和《げんな》九年（一六二三）、将軍の座を譲られた家光は、秀忠からこう言われたとされている。

「功績に合わせ、下総古河《こが》十六万二千石となす」

秀忠の死んだ翌寛永《かんえい》十年（一六三三）、佐倉から古河へと移された土井大炊頭は、家光の天下でも執政筆頭として幕政を牛耳り続けた。

「公方《くぼう》さまに従うだけでは、執政としての役目を果たせず。ときには公方さまのお言葉にご意見せねばならぬ。公方さまが後世天晴《あっぱ》れ名君と讃《たた》えられるかどうかは、そなたらにかかっておる。公方さまに甘えることなかれ」

松平伊豆守、阿部豊後守忠秋《あべぶんごのかみただあき》、堀田加賀守正盛《ほったかがのかみまさもり》らが、土井大炊頭の屋敷に呼び出されて、叱られたのはこのころであった。

「公方さまあっての天下」

花畑番と呼ばれた稚児《ちご》小姓のころから、家光の寵愛《ちょうあい》を受けて引き立てられた松平伊豆守らは、これに密《ひそ》かに反発、

「長年の働きを賞し、大老の称号を許す。これ以降は、登城するに及ばず。諮問されたときにだけ意見を述べればよい」

時間をかけて権を取りあげ、ついに土井大炊頭を実権のない名誉職へと祭りあげた。

もちろん、家光が主導したのだ。

家光も長老の意見と諫言《かんげん》してくる土井大炊頭がうっとうしかったのである。

「かたじけなく」

排除されたとわかっていても台命《たいめい》には逆らえない。

土井大炊頭は江戸城から去った。

「まだ足りぬ」

松平伊豆守たちは、警戒を緩めなかった。

なにせ、土井大炊頭には秀忠の信頼が付いている。これは諸大名にも大きな影響力を持つ。

「秀忠さまが政をお任せになった土井大炊頭どのを、今の公方さまはないがしろになさっている」

土井大炊頭に冷や飯を食わせ続けていると、家光の素質に疑念を持つ者が出てくる。

「臣下を使いこなせない」

もともと家光の評判は悪かった。

三

家光は二代将軍秀忠と御台所江与《みだいどころえよ》の方との間に生まれた嫡男であった。つまり血統には何の問題もなかった。

「三代将軍の座は、三男忠長《ただなが》に継がせたい」

ただ両親だけが違っていた。

おとなしく乳母《めのと》春日局《かすがのつぼね》のもとで一日過ごす家光よりも、活発で奥を走り回る忠長のほうを秀忠と御台所江与の方はかわいがった。

「仰せの通りに」

将軍の考えを忖度《そんたく》するのが家臣である。

多くの大名、旗本が家光ではなく忠長のもとへ集まった。

人が寄れば、そこに勢いが生まれる。寄らば大樹の陰、長いものには巻かれろとばかりに、世間の情勢は忠長将軍誕生と見えた。

「……余は不要か」

嫡男でありながら、その価値を認められず、その地位を脅かされた家光が、自害をしようとした。

「なにをなさいまするか」

幸い、家光が短刀を抜いた段階で春日局が割りこみ、自害は防がれた。

「このままでは」

乳母として生まれて以降ずっと側《そば》に居た春日局にとって、家光は吾が子に等しい。

「なにとぞ、お助けくださいませ」

春日局は密かに江戸を抜け出し、駿河に隠居していた家康を恃《たの》んだ。

「秩序を乱すことは許されぬ。家は嫡男が継がねばならぬ」

江戸へ出た家康は、秀忠を叱りつけ、その場で家光を跡継ぎだと決定した。

豊臣を滅ぼし、徳川を天下人にまで引きあげた家康の言葉は重い。秀忠の意に沿おうとして忠長に近づいていた大名や旗本も離れ、天下はなにごともなく継承された。

だが、それは形だけであった。

「おのれ……」

秀忠は己の考えた継承が認められなかったことに憤慨した。

「なれば、飾りにしてくれる」

家康への怒りを表に出すことはできない。二代将軍といえども、家康を誹謗《ひぼう》することは許されなかった。

となれば、恨みは家光に向かう。

「天下とともに土井大炊頭を譲る」

将軍から引退し、大御所となるときにそう言ったのは、秀忠の嫌がらせであった。

かつて家康も将軍を退いて大御所となっていた。

「大御所さまのお言葉でござる」

江戸城を秀忠に譲り駿河へ引っこんだはずの家康は、ことごとく政に口を出した。

「いかにもさようでございまする」

家康の指示を撥ねのけるだけの力を秀忠は持っていなかったし、江戸の老中たちも抵抗しなかった。

ここに大御所は将軍よりも強いという前例ができてしまった。

これを秀忠は、己に適用しようとした。

「大政を預ける」

さらに秀忠は、家光の幕閣に釘《くぎ》を打ちこんだ。

それが土井大炊頭利勝であった。

「………」

前例ほど強いものはない。

徳川家は前例に泣かされてきた。

「なにとぞ、三河守《みかわのかみ》に任じていただきますよう」

今川家と決別したばかりの家康は、本国三河の支配に苦労していた。

「困ったときの今川頼みをしておきながら、今川が崩れれば見捨てるなど」

桶狭間《おけはざま》の合戦で当主義元《よしもと》が討ち取られたことで、今川家は大いに揺らいだ。今川義元の養女を正室として迎えていた当時の松平元康《もとやす》、後の徳川家康はこれを好機と見て独立したが、評判は悪かった。なにせ、松平家が今川の庇護《ひご》を受ける原因であった織田《おだ》と手を組んだからだ。

もともとは織田信長《のぶなが》の父信秀《のぶひで》が、三河へその手を伸ばしたことに始まる。不幸にして松平家出色の当主だった清康《きよやす》が、家臣によって殺されたという動揺もあって、織田家の侵攻は有利に運んでいた。

「やられてなるものか」

負ければ、今度は遠江への先兵として使い潰される。三河の国人たちは必死に織田に抵抗した。当主だけでなく、一族の男ほとんどが討ち死にした家もあるのだ。三河に織田に対する怨嗟《えんさ》は満ちていた。

「ふざけるな」

当然、織田と手を結んだ松平元康への反発は大きかった。

「主たる余に刃向かうか」

討伐の軍勢を松平元康は出したが、どうしても勝ちきれない。味方の士気は低く、敵は意気軒昂《いきけんこう》。

「三河守になれば」

本来戦というのは殺し合いであって、命がけでおこなうものである。世は乱世、いつ下剋上が起こっても、近隣が襲いかかってきても不思議ではない。

しかし、それはかなり悪評を覚悟しなければならなかった。

強ければ悪評などと思えるが、評判の悪い者と手を結ぼうと考える者は少ないし、近隣の国人たちは逆に盟約を結んで対抗しようとする。

「悪逆非道」

このとき非難されるのは松平になる。

そう、相手にこちらを攻撃する口実を与えることになってしまう。

人心というのは移ろいやすいもので力を見せれば黙ってしまうが、そこにいたるまでは名分に従う。

言いかたは悪いが、正義の味方をするのが人であった。

となると、名分さえあればこちらが正義になる。

松平元康は、そのために三河国の正統な支配者の証《あかし》である三河守の称号を欲しがった。

なれど、朝廷は拒否した。

三河守は代々藤原《ふじわら》氏が任官するもので、源氏がなった例《ためし》はない。

「徳川に姓を変える」

松平家の系譜の付け替えを家康はおこない、徳川家康となってなんとか三河守を受領できた。

実権のない称号一つを得るにも、前例はものを言う。

家康でさえ前例には従った。

これを秀忠は憎い家光を困らせるために利用した。

結果、秀忠が死んだ後も、幕府は土井大炊頭の支配下にあった。

その土井大炊頭を大老として現場から離すことには成功したが、無役にはできなかった。

「大老は老中よりも格上である」

登城させず、仕事も回さないが、政に参加できる権は剝がせていない。

「疑義あり」

「こうすべきである」

いくら隔離しても、城中にはまだ土井大炊頭に気を遣う者はかなりいる。そういった辺りから政のことが土井大炊頭へと漏れる。

今の御用部屋のすることに不満を持てば、土井大炊頭は口を出せる。

「手枷足枷《てかせあしかせ》が付いているのと同じである」

土井大炊頭のことを気にしながらの政は、窮屈で耐えがたかった。

「公方さまのおため」

小身者から、家光の引き立てで大名へ立身し、執政にまで出世した松平伊豆守や阿部豊後守らにしてみれば、家光を否定した秀忠の施政は排除の対象であった。

「二代さまのお考えを無にすると申すか」

こう言われては、松平伊豆守らでは抵抗しにくい。

幕府の根本である忠孝の精神にのっとった対応になるからであった。

「躬《みども》が指図なり」

唯一反抗できるのは、今の天下人である家光だが、それでも孝行という観点からいけば、父親のしたことを引っくり返すのは正しいとはいえなかった。

「邪魔だ」

家光の天下に、土井大炊頭の居場所はない。

なれど追い出せないのだ。格上となれば、自ら辞すると言わないかぎり、罷免するのは難しい。

「天下とともに……」

家光にしてもこの秀忠の言葉に縛られて、隠居を勧めにくくなっている。

「辞めよ」

そう言えば、天下も同時に返すと受け取られかねないのだ。

「なんとしてでも……」

こうなると土井大炊頭を辞任に追いこむだけの理由が要る。

そこで悩んでいたときに、別の案件として松浦家の裕福さを知った。

「なぜ六万石程度の大名が、あれほどまでに」

執政として、家光の天下を守る者として、とても見過ごせるものではなかった。すぐに松平伊豆守は動き、松浦家繁栄のもとが交易だと気づいた。そして、その先にタイオワンの一件があった。

「……ひょっとして」

松平伊豆守はタイオワンの一件が大きく燃えあがらなかったのは、当時の幕府閣僚がかかわっていたからではないかと考えた。

「大炊頭であれば……とどめが刺せる」

いかに大老といえども抜け荷は大罪である。松平伊豆守はこうして平戸藩に無理を言い出した。

「あいにく、なにも残っておりませず」

証拠があるなど言おうものなら、平戸藩は潰される。

松浦肥前守が逃げを打つのは当然であった。

「ならば、探せ」

これで引き下がるようでは、とても執政など務まるはずはなかった。

松平伊豆守は、松浦肥前守を圧した。

「そういえば、そなたの家臣に使えるのがいたの」

「はて」

言われた松浦肥前守が怪訝《けげん》な顔をした。

たかが外様《とざま》の家臣のことを執政が知っているはずはない。当主である松浦肥前守でさえ、家臣すべての顔と名前が一致しないのだ。

「斎、そう、斎弦ノ丞と申したはず」

松倉家牢人を走狗《そうく》とした寺沢家の策、それから家光の御成行列を救った弦ノ丞のことを松平伊豆守はしっかりと覚えていた。

「貸せ」

松平伊豆守が命じた。

弦ノ丞は平戸藩譜代の家臣であり、藩内の事情に詳しい。さらに御成行列の危機を見逃さなかっただけの能力もある。地の利、人の利のない松平家の家臣を派遣するより、幕府伊賀者《いがもの》を送りこむより、効果が高いと松平伊豆守は判断した。

「承知いたしましてござる」

松浦肥前守には拒否できなかった。

ただ、問題は弦ノ丞が長崎へ赴任しており、江戸へ戻るにはときと手間がかかることであった。

それくらいは松平伊豆守もわかっている。

召し出しの使者が長崎に着くのに十二日から十五日、任の引き継ぎに三日、そして江戸へ十日と少し。合わせて一月ほどかかる。

「老中首座の下知である」

それをもっと短くできるのが、老中首座の権であった。

早馬と急船、引き継ぎに一日、行きと同じ方法での帰府、これならば二十日ほどで江戸に着く。

「想定より遅い」

松平伊豆守は不満を持っていた。

「馬場三郎左衛門め、あやつはどちら側だ。公方さまか、大炊頭か。判断をまちがえていたときの後悔はさせぬ」

松浦肥前守を帰した後、松平伊豆守が冷たい声で呟《つぶや》いた。

四

長崎は我が国で唯一異国へ門戸を開いている。

といっても、どこの誰でも受け入れているわけではなかった。

もともと織田信長、豊臣秀吉、徳川家康のころまでは、来る者拒まずという姿勢であった。

「この国の民を異国へ奴婢《ぬひ》として売り、さらには神のもとでは関白、天皇も庶民も同じだという怪しげな教えを広めようとするなど論外なり」

一部の侵略型宣教師の行動に豊臣秀吉が激怒、バテレン追放令を出した。

それでも宣教師の母国たるイスパニアやイギリス、ポルトガルなどとの交流までは断たなかった。それだけ交易の利が大きかった。

それも徳川家康が天下を獲ると情勢が変わってきた。豊臣秀吉ほど苛烈に宣教師たちを弾圧しなかったことで、一部の宣教師が暴走、布教を強化し始めた。

「御上《おかみ》の法度《はっと》に従え」

幕府からの指示も、

「我らが従うのは神のみ」

と抵抗した。

「よろしくなかろう」

国内に幕府へ抵抗する勢力がある。しかも年々、布教活動によって増えている。

「禁じる」

慶長十七年(一六一二)三月、まず江戸、大坂、京など幕府直轄地で禁教令が出された。

「当家も」

徳川家の顔色を窺《うかが》うのに必死だった諸大名も後追いをした。

ただ、この段階では棄教、転宗を強制するところまではいかなかったが、殉教と捉えた宣教師たちの密入国がより増すようになり、態度を硬化させた二代将軍秀忠が元和二年(一六一六)二港制限令を皮切りに禁教へ動いた。

「これこそ神の試練なり」

宣教師、信者はますます頑《かたく》なになった。

「愚かなり」

ついに元和八年(一六二二)、幕府は捕らえていた密入国した宣教師、それを手引きしたり匿《かくま》ったりした信徒などを長崎において処刑した。

これがやがて島原の乱へと至る。

「長崎のみで異国船と交易をおこなう」

幕府は、各大名が好きにしていた交易をまず独占した。

「長崎へ寄港を許すのは、和蘭陀《オランダ》と清《しん》のみといたす」

程度の差はあれども、キリスト教の布教と交易を絡めようとするポルトガル、イスパニア、イギリスを幕府は排除した。

「あまりに厳しい」

当然ながら交易で儲けを得てきた大名、商人は不満に思ったが、味方は少なく幕府の触れに逆らうことはできなかった。

結果、松浦家を始めとする大名、博多《はかた》、堺《さかい》に代表される豪商が没落した。代わって、長崎にあった唐物問屋や廻船《かいせん》問屋、薬種商などが躍進した。交易の利を雨だれのように受けられているのだ。

「長崎に行かねば」

取り残された者が焦るのは当然であった。

天然の良港である長崎は、三方を山に囲まれた谷地であった。その姿はまさに狭隘《きょうあい》といえ、平地はごくわずかしかなかった。

その狭い土地に、人が押し寄せたことで無理が生まれた。

常識を外れた土地代金、店賃《たなちん》、田畑さえ潰して宅地に転換したことで食糧が不足、価格が高騰、家を建てるなど普請が続いたことで職人や人足の賃金もあがった。

金があるとわかれば、それを狙う無頼や牢人も長崎へ入ってくる。

博打場《ばくちば》に岡場所、法外な料金を取る料理屋などができるのは、自然の流れであった。

「またも強盗か」

長崎奉行馬場三郎左衛門利重は、配下からあげられた報告に嘆息した。

馬場家の徳川における歴史は浅い。木曽《きそ》氏の一族として飛騨《ひだ》の一部を領していた馬場半左衛門昌次《はんざえもんまさつぐ》が、徳川家康の会津《あいづ》征討に従軍、関ヶ原の合戦では東山道《とうさんどう》を進む秀忠のもとで参戦、その功績をもって旗本に取り立てられて一千六百石を与えられた。

馬場半左衛門の嫡男であった三郎左衛門はお使い番を皮切りに目付を経て、寛永十三年（一六三六）に長崎代官となり、三年後の寛永十六年に長崎奉行に転じた。

「やはり足りぬ」

平戸藩士を長崎辻番として徴発したのはいいが、いかんせん小藩のこと、人材が少なすぎた。

「せめて、あと二十人は欲しい」

馬場三郎左衛門が眉間にしわを寄せた。

長崎奉行は重職であり、その権限は海外との交易だけに限らない。長崎奉行は九州の大名たちを監察するのも役目であった。

「武が軽すぎる」

徳川が天下を取ってからの長崎奉行は、数千石の旗本が歴任してきた。しかし、長崎の重要性を考えた幕府は、豊後府内《ぶんごふない》二万石と小身ながら竹中采女正重義《たけなかうねめのかみしげよし》を配した。

これがよくない人事となってしまった。

竹中采女正は、長崎奉行になるなり、キリシタンの弾圧を開始、その辣腕《らつわん》振りで怖れられた。それだけならよかったが、竹中采女正は権を悪用した。

「采女正どのは、密貿易をおこなっておりまする」

竹中采女正を任命した大御所徳川家康が死去するなり、初代長崎代官であった末次平蔵から江戸へ訴えをあげられ、

「法をおこなうべき者として言語道断である」

二代将軍秀忠の怒りに触れて、切腹させられてしまった。

「遠隔地ゆえに、信頼のおける者でなければならぬ」

秀忠は長崎奉行を腹心としている旗本へ任じた。

関ヶ原以来秀忠に近かった馬場三郎左衛門もその一人であった。もちろん、馬場三郎左衛門が長崎奉行どころか長崎代官になったときにはすでに秀忠は死んでいたが、その遺志を受け継いだ土井大炊頭が馬場三郎左衛門を後押しした。

「このままではまずい」

馬場三郎左衛門が首を左右に振った。

武士というのは手柄を立てることを信条とする。だが、役人は波風を立てないことこそ至上と考えていた。

手柄というのは、失敗と紙一重なのだ。

戦でわかるように、命の遣《や》り取りは勝つか負けるか、討つか討たれるかである。これで勝てた者が手柄を立て、負けた者は首を失う。

すべてを得るか、あるいはなにもかもをなくすか。これが手柄の本質であり、立てたことへの褒賞がある根拠であった。

しかし、今は乱世ではない。武力ではなく、法が支配する泰平の世になった。

「命を賭けて……」

法度の遂行に、この意気込みは不要であった。

頭に血が昇って、一か八《ばち》かなどの対応をされては、法の意味がなくなる。法はあくまでも万人に同じ効果を持つことが前提である。

もっとも法のもとにおける平等などというものはありえなかった。

少なくとも武士は町人よりも偉いとされており、なにより将軍は法度の主ともいえ、どのような罪を犯そうとも、誰一人裁くことはできなかった。

とはいえ、法度は法度として厳重に護《まも》らなければならない。

その法度を作り、運用するのが幕府の役人であった。当然、役人が法度に触れるまねをすることは許されない。それどころか、法度の権威を見せつけるため、一罰百戒とばかりに咎められる。

「御上のために……」

どのような理由も通らない。

「無理をするな」

名だたる将の首を獲るためならば、多少卑怯《ひきょう》なまねをしようとも結果が付いてくれば見逃される。

ただ役人は手柄のためと、己の仕事の範疇《はんちゅう》を超えてはならない。なにせ、己の範疇を超えたところは、他の役人の権限のうちになるからだ。

「なにをしている」

他職との軋轢《あつれき》は、己だけでなく上役にも影響が出る。

「要らぬことをいたしおって。頭を下げさせられたではないか」

責められた上役から叱られる。

「出世はないと思え」

手柄を立てるはずが、失策を犯してしまうことになる。

「…………」

これが何回か繰り返されれば、役人たちも学ぶ。

「余計なことはせぬにかぎる」

こうして役人は保身を旨とした。

長崎奉行馬場三郎左衛門も役人であった。しかも後ろ盾であった二代将軍秀忠は死に、執政土井大炊頭利勝も表舞台から降ろされた。

そう、馬場三郎左衛門は足下を失った。

いや、正確には薄紙一枚ほどは残っていた。土井大炊頭は死んでおらず、老中を罷免されたわけでもなく、誰が見ても祭りあげられたとわかるとはいえ、幕臣最高の地位である大老に就任している。

ただ、これもいつまで保つかわからなかった。

まず、三代将軍家光の意向があった。

「もう不要じゃ」

「うるさい、爺《じじい》め」

天下人に意見をする家臣というのは、疎まれると決まっている。いつ家光が土井大炊頭を罷免するかわからなかった。

つぎに土井大炊頭の寿命である。

天正《てんしょう》元年（一五七三）生まれの土井大炊頭は、還暦を超えて老境に入っている。また、体調も芳しいとはいえないようで、大老という飾りになされたのはそれが大きな名分となっている。

そう、馬場三郎左衛門の猶予はなくなった。

権力の交代は、前代の功労者の粛正を意味する。

「このままでは、長崎奉行を罷免されかねぬ」

馬場三郎左衛門が苦く頰をゆがめた。

今の政を握っている松平伊豆守らは、土井大炊頭から教えを受けた弟子のようなものである。

弟子ならば師匠の残したものを保護し、維持していくのが慣習であり、礼儀であった。

「ふざけたまねを。公方さまを抑えこんでおきながら」

松平伊豆守らにしてみれば、土井大炊頭は家光を排除しようとした憎い敵の秀忠子飼いでしかなく、教えも将軍親政をさせぬようにというあり得ないものであった。

「嫌われておる」

秀忠、土井大炊頭の引きで出世した者は、まちがいなく松平伊豆守らにとって邪魔でしかない。

なかでも諸外国との交渉、交易を握る長崎奉行という重要な役割に敵対派閥の馬場三郎左衛門が就いていることは許容できないはずであった。

いかに執政とはいえ、なんの落ち度もない馬場三郎左衛門を罷免することはできなかった。

「長崎の治安を維持できぬのか」

その懲罰の理由となるのが、これであった。

「人手が足りませぬ」

「なければないなりの工夫をいたせ」

現場の苦情は、まず受け入れられないのが、世の常である。

「長崎奉行たる資格なし」

さすがに一カ月や二カ月で咎められることはないが、一年変わらなければまちがいなく叱責される。

「そうなれば、終わる」

罷免された役人に未来《さき》はなかった。

加増分を取りあげられて、小普請組へ押しこまれる。これは役人として、いや旗本としての死を意味した。

「やるしかない」

鳴かず飛ばずで、新たな役への異動を待つという役人の形式を守るのは、近づいてき

「辞めよ」

ている死を黙って受け入れるに近い。

馬場三郎左衛門は、運命に逆らう決意をした。

「斎をこれへ」

控えていた家臣を呼び寄せると、馬場三郎左衛門は弦ノ丞を召喚した。

五

平戸藩長崎辻番頭斎弦ノ丞は、江戸行きの用意をしていた。

「しばし待て」

馬場三郎左衛門から引き留められてはいたが、江戸への召し出しは藩命だけに従わなければならない。

「お呼び出しでございまするか」

馬場三郎左衛門の家臣から出頭を要請された弦ノ丞が嘆息した。

「なにか思うところでもおありか」

主君の言葉に嫌そうな態度を見せられた馬場三郎左衛門の家臣が憤った。

「いえ、決してそのようなつもりはござらぬ」

馬場三郎左衛門の伝言を受けたときは、旗本の代理として敬意ある言葉使いをしたが、そうでなければ同じく陪臣同士でしかない。

弦ノ丞が同格扱いにした。

「では、どうだと」

「巡回の順番や経路など細々とした調整をせねばならぬことを思ってでござる。なにせお奉行さまのお指図で、我ら長崎辻番は動いておりますれば」

馬場三郎左衛門の言いつけに従うための手配をしなければならないと言った弦ノ丞が続けた。

「なにせ、お奉行さまのご威光にもかかわりますれば、慎重にせねばならず、その重責に対して……」

「わかり申した」

弦ノ丞の言いわけに、馬場三郎左衛門の家臣が手を振った。

二度も主の名前を出されては、それ以上嚙《か》みつくのは得策ではないと悟ったのである。

「では、調整がすみ次第、参上いたしまするとお伝えくだされ」

「承知。急がれよ」

引き受けた弦ノ丞に、馬場三郎左衛門の家臣が一言釘を刺してから、去っていった。

「代わりましょうや」

寺町の三宝寺《さんぼうじ》に設けられた長崎辻番の仮詰め所で、弦ノ丞とともに待機していた志賀《しが》一蔵《いちぞう》が気遣った。

「殿のお召しをいつまでも日延べにはできますまい」

志賀一蔵は平戸藩でも上士に入る物頭格で、弦ノ丞より年嵩《としかさ》であった。本来であれば、志賀一蔵が長崎辻番頭となってもおかしくなかった。

「ご指名でござれば……」

かつて江戸辻番だったころの上司だった志賀一蔵に、弦ノ丞は首を左右に振った。江戸家老滝川大膳の姪津根《つね》を娶《めと》ったことと江戸での手柄もあって、今では弦ノ丞のほうが上役になっていた。

「なにを言われると思われまするか」

志賀一蔵を尊敬している弦ノ丞は、己が上になっても敬意ある態度を崩していない。

「治安でございましょうなあ」

「やはり……」

志賀一蔵の答えに、弦ノ丞がふたたび嘆息した。

長崎の治安を預けられている弦ノ丞たちが、その悪化に対処することにより増える面倒に苦労しているのだ。

「なれど、それではなにもできませぬぞ」

弦ノ丞が首を横に振った。

同じく長崎へ人を派遣している福岡藩黒田家は四十三万三千石、佐賀藩鍋島家は三十五万七千石を領している。

それに比して長崎辻番を押しつけられている松浦家は、六万三千二百石でしかない。六万石で抱えられるのは、騎乗身分の武士九十人、徒《かち》、足軽、小者が一千二百人、合わせて一千三百人ほどである。このうち藩政の中心となる国元にもっとも多くの人材が配されている。そこに今は参勤で当主松浦肥前守が江戸へ参府中なので、江戸屋敷にも多くの人員が割かれている。

なにより辻番という役目柄、武術が使えないと務まらないのだ。

そうそう増員できるものではなかった。

「金もかかりまする」

弦ノ丞が苦い顔をした。

幕府から命じられる役目というのはすべてではないが、基本として費用の補塡《ほてん》がなかった。

ましてや長崎辻番は長崎奉行馬場三郎左衛門が私意で創設したものでしかなく、幕府から補助は一切出ていない。人員を増やせば増やしただけ、平戸藩への負担が増える。弦ノ丞としては、馬場三郎左衛門の命であっても、容易に首肯していいものではなかった。

「ここで悩んでいてもしかたございませぬな」

気を切り替えるように言って、弦ノ丞が立ちあがった。

「しばし、お預けいたしまする」

「たしかにお預かりいたしました」

辻番頭がいない間になにかあったとき、誰が指示を出すかを決めておくのは重要であった。でなければ、番士たちが混乱する。混乱ならまだいいが、指示する者がいないからといって暴走されては困る。

「松浦の武勇を見せつけてくれる」

無頼の鎮圧のためだとして、町家を破壊したり黒田家や鍋島家の屋敷に踏みこんだりしては大事になる。

「たわけがっ」

弦ノ丞を呼び出したことで指揮者がいなくなったせいだとわかっていても、それを馬場三郎左衛門が認めることはない。

「松浦は御上が治める長崎で騒擾《そうじょう》を……」

待ってましたとばかりに、松浦家を幕府へ訴える。

こうしないと馬場三郎左衛門に責任が来かねない。

このような事態に陥らないために、権限の委譲はきっちりしておかなければならなかった。

「では」

弦ノ丞が三宝寺を後にした。

長崎は土地の狭さ、人口の少なさに合わないくらい寺が多い。なにせ長崎は戦国の末期、キリシタン大名大村《おおむら》家の領国であったところから、イエズス会へ寄付されたという歴史がある。

「真《まこと》の神に帰依《きえ》しなければ、地獄に落ちるぞ」

長崎を手に入れたイエズス会が住人に改宗を迫り、一時はすべての民がキリシタンとなったと言われている。

「出ていけ」

天下人にとって国内に異国の飛び地があるなど認められることではなく、豊臣秀吉は長崎を直轄領として取りあげた。

だが、宗教というのは支配者が変わったからといって、そのたびにころころと変わるものではなく、また豊臣秀吉も民の信仰には口出ししなかったため、長崎にはキリシタンが多かった。

「棄教せよ。せねば処刑する」

それも天下人が徳川家に替わったことで終わった。

その直後とはいわないが、島原の乱というキリシタン一揆《いっき》が九州を震わせた。

「見過ごせぬ」

今までは口だけだった禁教令を、幕府は実効のあるものへとすべく長崎に寺社を集め、住人すべてにそのどれかの信者あるいは檀家《だんか》になるよう強制した。

寺町から長崎の中心へは、坂を下るような経路をとり、一度谷底となっている町家を通過、今度は反対側へと坂を登ると長崎奉行所に着く。歩いて小半刻もかからないが、面倒といえば面倒な距離であった。

「……牢人が増えておるな」

歩いている弦ノ丞の目に、無為に過ごしている牢人が多く映った。

「またぞろ碌《ろく》でもないことを考えているのだろうか」

弦ノ丞が独りごちた。

牢人とは主君を失ったもののことを指す。戦国のころならば、それこそ牢人になってもすぐに新たな仕官先が見つかった。声をかけてもらえなくても、陣借りという形で勝手に参戦して手柄を立てれば、それなりの褒賞をもらえた。しかし、これも泰平になったことで消滅した。戦うからこそ武士は要る。泰平になれば、人を殺すしか能のない武士の居場所はなくなる。

「改易いたす」

そこに幕府の姿勢が加わった。

徳川家にとって怖ろしいのは、世のなかがふたたび戦国乱世に戻ることであった。力ある者が天下を獲る。徳川家康が実行しただけに、いつその刃《やいば》が向けられるかわからない時代はまずい。

そこで幕府は、徳川家に戦いを挑むだけの力を持つ大名を潰しにかかった。肥後《ひご》の加藤《かとう》家、広島の福島《ふくしま》家、山形の最上《もがみ》家など数十万石を超える大大名を、難癖を付けて改易した。

結果、それらに仕えていた家臣たちが、牢人になった。

食い扶持を失った牢人たちも生きていたいのだ。かといって、今更田畑も耕せず、商いもできない。残るは腰に差した刀にものを言わせる。そう、斬り盗り強盗武士の倣《なら》いという奴《やつ》であった。

「懲りぬのか、知らぬのか」

先日、弦ノ丞たちは長崎の中心街を囲むようにある外町、そこの百姓家を乗っ取って、そこから内町と呼ばれる商人地へ手を伸ばそうとした牢人たちを捕縛している。

もっとも辻番に強盗を裁く権はないので、生きている連中は長崎奉行所へ引き渡すことになるが、

「死罪に処す」

苛烈な馬場三郎左衛門はそれらを取り調べることなく、斬首した。

なぜそのようなことをしたかとか、他にかかわった者はいないのか、などと尋問する

手間暇をかけることはない。

「やったことがすべてである。こまかいことなどどうでもよいわ」

強盗を働いた段階で、罪は確定している。

「些事《さじ》である」

長崎奉行は多忙である。牢人一人一人の事情など馬場三郎左衛門にしてみれば、生まれた子猫が雄か雌かと同じ程度でしかなかった。

「巡回を増やしたいが……」

牢人を見かける回数が多くなった。弦ノ丞が対応を考えるが、とてもではないが無理であった。

「お呼びに応じましてござる」

思案を止めて坂道を登った弦ノ丞が、長崎奉行所に到着した。

「遅い」

馬場三郎左衛門の機嫌は悪かった。

「申しわけもございませぬ」

相手は幕府の要人である。弦ノ丞は急な呼び出しへの不満を隠して、頭を垂れた。

「まあ、よい。で、どうするのだ」

前置きもなく馬場三郎左衛門が問うた。

「当家にもう手はございませぬ」

なにを訊《き》かれているかくらいわからないと辻番頭などやっていられない。というか、他の用事で弦ノ丞一人を呼び出すはずはなかった。

「そなた、御上へのご奉仕ができぬと申すのだな」

「これ以上は無理でございまする」

脅しにかかった馬場三郎左衛門に弦ノ丞が反論した。

「当家は小藩。とても長崎のような重要な地を守るだけの力はございませぬ。すでに辻番として精一杯勤めておりまする」

現状、藩は窮乏に向かっている。どのようなことがあろうとも、安請け合いをすることはできなかった。

「高力《こうりき》さまも島原へおいでくださったようでございまするし、そちらさまにお願いをしていただければ」

「高力は島原再興という役目がある。とても無理じゃ」

弦ノ丞の提案を馬場三郎左衛門が否定した。

「なれば黒田さま、鍋島さまに人を出してくださるようにお指図を……」

「すでにおこなったが、なんやかんやと理由を付けて拒んでおる」

それくらいは弦ノ丞も知っている。形式的な発言であったが、馬場三郎左衛門が首を横に振った。

「松浦しかないのだ。あと十人出してくれ」

馬場三郎左衛門が下手に出た。

「長崎辻番を辞させていただきまする」

弦ノ丞が手を突いた。

「なっ、なにを」

普段は沈着冷静な馬場三郎左衛門が目を剝《む》いた。

「当家にそれだけの余裕はございませぬ。すでに国元では人員不足が起こり、藩政に支障が出ているのでございまする。そこでさらなる引き抜きをしようものならば、藩が成り立ちませぬ」

「長崎奉行の命ぞ。それを断ればどうなる。それこそ、松浦が潰れるぞ」

はっきりと断った弦ノ丞に、馬場三郎左衛門が声を険しくした。

「切腹いたしまする」

「…………」

平然と口にした弦ノ丞に、馬場三郎左衛門が絶句した。

「……ま、待て」

馬場三郎左衛門があわてた。

「本気か」

「偽りやこけおどしで腹を切ると申すなど、武士として恥じ入る行為でございますれば」

たしかめた馬場三郎左衛門に弦ノ丞が堂々と返した。

「では、これにて。お世話になりました」

弦ノ丞が一礼して、腰を上げようとした。

「だから、待てと申した」

馬場三郎左衛門が大きな声で制した。無理を押しつけ、

「まだなにか」

中腰で話をするのは礼儀に反する。弦ノ丞が座り直した。

「わかった。これ以上増員を求めぬ」

「さようでございまするか」

折れた馬場三郎左衛門に、弦ノ丞は冷たくうなずいた。

当然の結果であった。

「ただし、今以上に厳しく巡回をおこなうように」

馬場三郎左衛門が告げた。

第二章　長崎の裏

一

武士と牢人《ろうにん》の間には、底の見えない谷がある。

「戦場でならば負けぬ」

「きっとものの役に立つ」

牢人たちはそう嘯《うそぶ》くが、それが真実であってもなんの意味も持たなかった。

おそらく最後の戦となるであろう島原の乱が収束し、残党狩りこそ続いているがそれも成果がほとんどあがらない状況になっている。

そう、人手不足ではなくなった。

足りないからこそ、補充する。かつて戦国のころなれば、一人でも多くの兵を抱えているほうが有利であった。なにより戦のたびに討ち死には出る。

戦に勝てば領土が拡《ひろ》がり、大名の収入は増えた。大名はその収入の一部を新たな家臣の獲得に使い、より兵力を充実させる。

結果、大名は大大名に、大大名は天下人へとのしあがっていく。

織田信長が、豊臣秀吉が、徳川家康がその通りの道を進んで天下人になった。

そして他の大名たちは従って取りこまれるか、抗《あらが》って潰されるかして、一つの安定した状況を生み出す。

力で押さえつけた天下は、いつか力で奪われるのが宿命だが、それでもかなりの期間、徳川家の天下は続く。

その天下を揺るがした島原の乱が鎮圧されたことで、武士が戦う時代は完全に終わった。

「武から文へ」

どのような経緯をたどっても、天下が統一されれば、矛は仕舞われ、法が表に出る。法は文によって生まれ、文によって運用される。

「それも武の後ろ盾があってこそである」

たしかにその通りではある。いざというときに振るえるだけの力がなければ、どのような法も意味をなさない。

「捕まえられるものならば、捕まえてみよ」

盗賊や辻斬《つじぎ》りなど、悪事を働く者がほしいままに暴れることになってしまう。

「手にあまらば、斬り捨ててかまわぬ」

治政者はこういった法度《はっと》外れの者を見逃さなかった。見逃せば、秩序が乱れて、手にした天下を失うことになるからだ。

だが、戦をするわけではないので、大きな武力は要らない。

武力というのは、いざというときにだけ行使されるべきものであり、普段は抑止力としてあるだけでいい。

「多すぎる力は、疑いを招く」

大名にとって幕府はとてつもなく大きな圧力である。

「謀反」

「刃向かうつもりか」

身のほどに合わない武力を持つと、幕府の忌避に触れる。

「改易じゃ」

「移封する」

幕府の対応は厳しい。

許可を取っていたはずの居城修復を咎《とが》められて広島の福島家が潰された。さらに跡継ぎのもめごとで山形の最上家が、冗談で出した手紙が謀反を企《たくら》んでいるととられて肥後の加藤家が改易になった。

それを見ていた大名が、震えあがったのは当然、

「気をつけねばならぬ」

さらに幕府の目を気にするようになる。

「ほう、槍術《そうじゅつ》が得意か」

「楠《くすのき》流軍学を学んでおるとは、たのもしい」

人材としては貴重だが、幕府の機嫌を損ねるのは怖い。

「是非、貴家にお仕えしたい」

「残念ながら、当家は人を募集しておらぬ」

名だたる牢人が門を敲《たた》いても、受け入れることはできなかった。

「なぜだ」

牢人とは禄《ろく》がない者のことでもある。

仕官を断られては、生活していけない。

「……やむを得ぬ」

武士としての矜持《きょうじ》を捨てて、百姓、商家の使い走りなどになる者が出てくる。

「世間が儂《わし》を要らぬというのならば、儂は世間に従わぬ。復讐《ふくしゅう》してくれる」

矜持も捨てられない、汗水垂らして働くのも嫌だという碌《ろく》でなしが、馬鹿なまねをすることになる。

「長崎には金がうなっているそうだ」

「石を投げれば、商人に当たるというぞ」

えてしてこういった牢人者は徒党を組む。というか、世間から外れた者は、人別《にんべつ》改《あらため》のある宿屋に泊まることもできなくなるため、適当な無住寺などでたむろすることになる。こうして無頼に落ちた牢人が一つになった。

「金か」

「ああ、唐物《からもの》の商いは安くて数十両、ことと次第では一万両を超える取引もあるというぞ」

「一万両……」

聞いた牢人が絶句した。

一両あれば、一月の間生きていける。衣食住だけでなく、たまの遊所通いもできる。

「それだけあれば、生涯安泰だな」

たちまち取らぬ狸《たぬき》の皮算用が始まる。

「長崎奉行所には、まともな戦力はない」

最初に口を開いた牢人が、話をまとめに入った。

「町奉行所の与力、同心ごとき、戦場往来をしてきた我らの敵ではない。それよりも用心棒のほうが面倒だぞ」

壮年の牢人が難しい顔をした。

商家も金があれば襲われるとわかっている。それを防ぐために牢人を用心棒として数人雇っていることが多かった。

「数がおるまい」

いくら抑止力、あるいは迎撃戦力だといったところで、商家で抱えられる用心棒の数には限界があった。なにせ用心棒というのはなにもなければ遊んでいるだけの無駄飯食いながら、いざというときには命を賭けて店を守る。その命の代金まで給与に反映させなければならず、月に一両ではきかない金が要った。

「無駄金……」

よほどの大店《おおだな》で三人、そこいらの商家では一人が通常であった。

「こっちが五人もおらば、用心棒くらいはどうにでもできよう」

「五人……か。かなり分け前が減る」

壮年の牢人が嫌そうな顔をした。

「おいおい、一万両を持って逃げるつもりか」

「当たり前だろうが。残していく気はないぞ」

最初に口を利いた牢人がからかうように言い、壮年の牢人が首肯した。

「建部《たてべ》よ、一万両がどれほどの重さかわかっているか」

最初に口を利いた牢人が笑いを消して問うた。

「一万両の重さ……それはかなりあるだろうが」

建部と呼ばれた壮年の牢人が、戸惑った。

「知らずで当然か。小判など触ったこともないのが普通であろうし。吾《われ》は藩で勘定方をしておったので、存じておるが……」

「………」

嘆息した牢人に、建部が顔を向けた。

「千両で四千匁《もんめ》（約十五キログラム）、一万両だと四万匁（約百五十キログラム）。しかも小判だけの重さぞ。箱の重さまで加えれば、とてもではないが五人やそこらで持ち運べるものではない」

「曽田《そだ》氏よ、それはまことか」

「こんなことで嘘《うそ》を吐《つ》く意味などなかろう」

曽田と言われた最初に口を利いた牢人が首を左右に振った。

「一人で持って逃げられるのは……」

「せいぜい千両だな」

建部の質問に曽田が答えた。

「二千は無理か」

「逃げ切れぬぞ」

欲をかくなと曽田があきれた。

「ということは十人までなら、仲間を増やしてもよいと」

「使いものになるならばだが」

曽田が建部の言葉に釘《くぎ》を刺した。

「……たしかにそうだな。足を引っ張られてはかなわぬ」

建部が納得した。

「しかし、ここにいる三人ではいささか心許《こころもと》ないのもたしかである」

曽田が続けた。

「そこで各々仲間を連れてくることにしようではないか」

「仲間か。条件はどうする」

提案した曽田に建部が首をかしげた。

「腕が立つ。これはもちろんだが、なにより口が堅くなくてはいかぬ」

曽田が告げた。

「それはそうだな」

口が軽い仲間ほど怖《おそ》ろしいものはない。

「褒賞は獲《と》れるだけの金」

「魅力的な言葉だ」

曽田の意図に気付いた建部が嗤《わら》った。

人というのは強欲なものである。目の前にあれば、たとえ持てないとわかっていても放置できない。

「我らが去った後も漁《あさ》ってくれていればいい」

「奉行所に対する餌か」

建部が苦笑した。

長崎奉行所としてみれば、強盗すべてに逃げられるより、一人でも捕まえておきたいと考えるのは当たり前であった。

「逃げられました」

と報告するより、

「捕らえましてございまする」

手柄を前面に出すほうが、外聞もいい。

「仲間は誰で、どこに潜んでおる」

捕まえた者から一味の情報を引き出すこともできる。

「追え」

その場から逃げた強盗を追って捕縛するより、居残って金を摑《つか》んでいる者をどうにかするほうが簡単なのだ。

「我らが金を手に逃げ出すことこそ肝心だろう」

「まさに、まさに」

口の端を吊《つ》りあげた曽田に建部が同意した。

「それはよいが……長崎辻番というのがいるやに聞いたが」

ずっと黙っていたもう一人が口を挟んだ。

「長崎辻番か」

「あれは決まったところを巡回しているだけであろう。その道から離れたところを襲えば、無視できよう」

建部が手を振った。

「いや、大手の商家は、かならず巡回しておるぞ」

最後の牢人が首を横に振った。

「ならば……巡回と巡回の間を狙えばいい。襲撃にときはかかるまい」

少し考えた建部が言った。

「店を決めておけば、表戸を蹴破り、店の主《あるじ》を人質にして蔵の扉を開けさせる。そこで金を持って逃げ出す。これで小半刻《こはんとき》（約三十分）ほどですむはず」

「多少手間取っても半刻（約一時間）もあればたりる」

建部の計画に曽田もうなずいた。

「十分じゃの」

「ああ。問題は重い金をどうやって運ぶかだが……」

曽田が新たな懸念を口にした。

「担いでとはいかぬか」

建部が問うように言った。

「担ぐことはできるが、走れまい」

「……逃げるに不便か」

曽田の返答に建部が嘆息した。

「半分にすれば……」

「する気などないぞ、佐々木《さ さ き》」

もう一人の牢人の提案を建部が一蹴した。

「船はどうだ。川近くの店ならば船くらい持っているだろう」

曽田が水運を利用することを思いついた。

「それはいいが、遡れるか」

建部が川を遡上することは難しいと否定した。

「船頭を脅せば……」

「無理だろう。どれほど船頭の腕がよくとも流れに逆らって峠近くまではいけまい」

「下ればよいのではないか」

佐々木と呼ばれたもう一人の牢人が、上るのではなく下ればと述べた。

「海へ出たら、福岡藩や佐賀藩の番所があるぞ」

曽田がそこをどうすると佐々木に尋ねた。

「……むうう。勝てぬか」

「勝てるはずなかろう。こっちは三人、いても五、六人。あちらは何十人だぞ」

「逃げ切ることは……」

「小早船《こばやぶね》だぞ、あちらは。こっちはただの荷船、なにより水主がいる、いないの差は大きい」

まだ粘る佐々木に曽田が話にならないと告げた。

「まさか、金がありすぎて困るとは思わなかった」

建部が苦笑した。

「まだ手にするどころか、見てもないがの。押し入ったはいいが、金がなかったでは笑い話にもならぬ」

曽田が頰をゆがめるようにして嗤った。

「たしかにそうだ。金を見る前からどうやって運ぶかなど、意味がない」

「持ち運びはそのときに考えよう。で、曽田氏、どこを狙う」

表情を引き締めた建部の確認に、曽田が嗤いを消した。

「大久保屋《おおくぼや》はどうだ」

「……大久保屋」

曽田の出した店の名前に建部が首をかしげた。

「最近、平戸から出てきた唐物問屋だ。まだ新顔で株仲間には入れてもらえていないようだが」

「それでは商いが少なかろう」

金はないだろうと建部が首を左右に振った。

「平戸では一流だったそうだ」

「……金はあると」

建部の目がすがめられた。

「あるはずだ。株仲間に入れていないとなると、どうしても裏での取引になるだろう。そのときものを言うのは……」

「金だな」

最後まで言わずにふたたび嗤った曽田に、建部が応じた。

「人の手配もある。三日後に」

「わかった」

「一人だな、連れてくるのは」

曽田の言葉に建部と佐々木がうなずいた。

二

大久保屋藤左衛門《とうざえもん》は、長崎唐物扱いの株仲間に割りこむことをあきらめてはいなかった。

「なかなか厳しいね」

当たり前だが、一人増えればそのぶん株仲間たちの収入が減る。

お櫃《ひつ》一杯の飯を十人で食うか、十一人で分けるかと同じだからである。

「いかに平戸で鳴らした大久保屋さまでも、ここでは新参でしかございませんからねえ」

株仲間たちの対応は冷たい。

「金を撒《ま》いても無駄ですか」

長崎だけでしか異国の物品は手に入らないとなれば、その価値は天井知らず、扱う株仲間たちの売り上げもうなぎ登りになっている。

そこへ千両やそこら撒いたところで、鼻も引っかけてはもらえなかった。なにせ一度の取引で千両を超えることもままある。

「やはり抜け荷ですねえ」

大久保屋藤左衛門が独りごちた。

黙って株仲間に頭を下げ続けていても、まず芽は出ない。

そして、その間にも大久保屋は商いから遠ざかっていく。

「残念だけど、お付き合いはここまでだねえ」

今まで大得意だった博多や大坂の商人が、ものを提供できない大久保屋に見切りを付ける。

「英吉利《エゲレス》との付き合いは深い」

大久保屋は平戸に長くあったイギリス商館へ出入りしていた。いや、がっちりと食いこんでいた。

「松浦さまに領内の離れ小島を借りる話はしてある」

抜け荷は重罪だけに、幕府へばれないように他人目《ひとめ》を避けることが肝心であった。

「問題は、英吉利にどうやって渡りを付けるかですが……」

大久保屋藤左衛門が悩んだ。

島原の乱の直後、まだ交易をあきらめていなかったイギリスは、長崎へ使者を派遣して、なんとか再開をと交渉していたが、

「まかりならぬ」

長崎奉行馬場三郎左衛門利重は、にべもなく拒絶した。

「打ち首になりたいか」

しつこく繰り返していると、とうとう使者を死罪にすると馬場三郎左衛門が宣告、

「…………」

イギリスもあきらめて、交渉を放棄した。

「来ていてくれれば、いくらでも話はできたのですがね」

大久保屋藤左衛門はイギリスと付き合いが深く、商館の人員との交流も厚い。それこそ船上での会話代わりに使用する合図も知っている。

「あの島陰で合流したい」

松明《たいまつ》の点滅、あるいは旗の振りかたで意思の疎通を図れる。

「無人島で商品を……」

大久保屋藤左衛門の意思が伝わり、密貿易を開始できた。

しかし、それも相手が目に見える範囲にいての話である。

島原の乱を受けて鎖国が厳しくなり、イギリスとの付き合いが切れた。

「どうにかせねばならぬ」

大久保屋藤左衛門は商人である。商人は儲《もう》けて、ようやく一人前とされる。たしかに

平戸のころに、生涯、いや孫子の代まで喰《く》えるだけの財を蓄えたが、これで納得するようではとても商人とはいえなかった。

「平戸並みとは言わぬが、その半分くらいは稼ぎたいの」

金はいくらあっても遣えば減る。千両は大金だが、丸山《まるやま》遊郭で太夫《たゆう》を揚げて遊べば百日保《も》たない。

贅沢《ぜいたく》せずに慎《つつ》ましく生活しても、二年半ほどで尽きる。

「目減りするばかりだ」

平戸から長崎へ移る費用だけで、千両以上飛んだ。

「あれほど売れぬとは思わなかったわ」

大きく大久保屋藤左衛門が息を吐いた。

平戸を去るとき、大久保屋藤左衛門は店と土地を売りに出した。しかし、大久保屋藤左衛門が望むほどの金額では、買い手が付かなかった。

「百年檜《ひのき》を使った梁《はり》に柱、海へ直接出られる船着き場も付いている。あれだけのものは、平戸はおろか、博多でもそうそうないというに」

なんとか少しでも高く売れるようにと、大久保屋藤左衛門は自ら知人を訪ねたり、遠く博多の豪商へ別宅としてどうかと話を持っていったりもしたが、

「わたくしどもも近いうちに引っ越そうかと考えておりまして」

「寂れる一方の平戸に別宅ですか」

まったく相手にしてもらえなかった。

「維持だけで金がかかる」

家というのは、人が住まなくなると傷む。定期的に雨戸を開けて風を入れたり、掃除をしたりしなければ、あっという間に朽ちてしまう。

大久保屋藤左衛門は使わなくなった平戸の家を廃屋にしないよう、わざわざ引退した奉公人に金を出して手入れをさせていた。

「平戸の家を売った金に少し足せば、長崎でも恥ずかしくないだけの店を持てるだろう」

こう考えていた大久保屋藤左衛門の当てが外れた。

また、長崎だけしか交易ができなくなったことを知った唐物問屋が、砂糖に群がる蟻《あり》のように群がったことで、地代が一気にあがってしまった。

平戸を売ってからと算盤《そろばん》を置いていた大久保屋藤左衛門は、ここでも出遅れた。

「といっても買わねばならぬ」

長崎に店がなければ、少なくとも株仲間に入ることはできない。

大久保屋藤左衛門は、予定していた金額の数倍をかけざるを得なくなった。

「損を取り返すだけでは話にならん」

追い詰められた大久保屋藤左衛門は、思案に入った。

「どうやって英吉利と話を付けるか」

大久保屋藤左衛門は、今長崎に出入りできる唯一の南蛮国であるオランダではなく、イギリスに取引相手を絞っていた。

「和蘭陀は、幕府に近い。儂が抜け荷を持ちかけたところで応じまい。それどころか長崎奉行所へ訴えてでかねぬ」

ここ最近の幕府を見ていれば、交易の利よりも天下の秩序に重きを置いているとわかる。もし、オランダが法度を犯して大久保屋藤左衛門と抜け荷をすれば、

「入港を禁ず」

イスパニアやイギリス同様に来日を拒まれるのはまちがいなかった。

たかが商人のために交易、それも一国で独占できる状態を捨てるようなまねをするわけはない。

「どちらにせよ、長崎には入れぬ。交易を認めてもらえぬ」

最初から排除されているイギリスならば、儲けさえしっかりと提示できれば大久保屋藤左衛門と手を組む可能性は高い。

「琉球《りゅうきゅう》まで行けば……」

薩摩《さつま》の南にある琉球島は、尚《しょう》王家の支配する国でもある。実質は鹿児島藩島津《しまづ》家に

支配をされているが、表向きは徳川幕府と交流がある異国扱いになっている。

当然、琉球は鎖国の対象からは外れていた。

「島津が黙っておるまい」

大久保屋藤左衛門は、島津が琉球を隠れ蓑《みの》に海外と交易をしていることを知っていた。

もちろん幕府も知っているが、わざわざ九州の端まで探索をしにくることはない。

他にも奥州十三湊《とさみなと》を使って津軽《つがる》家が、能登珠洲湊《のとすずみなと》で前田《まえだ》家が、密貿易をおこなっていることは公然の秘密である。

「派手にするな」

幕府は多少ならばと目こぼししている。

「警戒を」

だからといって油断することはできなかった。

見逃しているのは、いつでも手出しできることの裏返しであった。

「あきらかな証《あかし》である」

隠しきれない失態を犯せば、幕府も黙ってはいない。

「余所者《よそもの》を入れるな」

薩摩島津家が他者排除をしていることは有名であった。

そんな島津家が支配している琉球で、抜け荷の相談なんぞできるはずはなかった。

「となると……タイオワンしかない」

大久保屋藤左衛門が琉球のさらに南の島の名を口にした。

台湾は松浦家の一件から見てもわかるように、容易に到達できるだけでなく、オランダが支配している。もちろんイギリス、イスパニアも出入りしていた。

台湾であれば、安心してオランダと話ができる。

「問題は……儂が直接行かねばならぬことよ」

幕府の鎖国令は、異国へ行くことだけでなく、異国から帰国することも認めていなかった。

「今後の取引を左右する、初回の遣《や》り取りは他人任せにできぬ」

大久保屋藤左衛門が難しい顔をした。

正規の取引でも、どちらがどれだけの儲けを得るかという配分の話はなかなか合意できない。

「一度持ち帰って検討し、近いうちにご返事をさせていただきまする」

普段ならば当たり前におこなっているこれが、今回は使えなかった。

なにせ台湾までは遠いし、いつ幕府に見つかるかわからないのだ。

「これで」

その場で取引の内容を決めなければ、いろいろと支障が生じる。つまり、決定権を持つ大久保屋藤左衛門が出向かなければならない。

「離島で風向きを見るか」

さすがに長崎から出航はできなかった。

大久保屋藤左衛門は平戸藩から租借している離島へ船を用意すると決めた。

「あとは金だな」

イギリスとの付き合いは長いが、その状況が変化してしまっている。

「取引に値するだけの財を持っているか」

かならずイギリス人は、大久保屋藤左衛門に支払いをするだけの能力があるかどうかを確認してくる。

「見せ金をいくら用意するかだ」

イギリス人はかつての取引で、小判がどのくらいの値打ちなのかを理解している。

「千両ではたらぬな」

大久保屋藤左衛門が腕を組んだ。

「三千、いや、五千持っていこう」

五千両あれば、イギリスが取り扱う大概のものは購入できる。

「……よし」

商いには決断が必須であった。

決めるまでは慎重に、決めた後は迅速に。これが商人として大成するためのこつであった。

「金を運ぶとすれば、船がいいか」

長崎の湊は交易船が直接接岸できるほどの設備を備えているわけではないが、荷船や五百石船くらいなら問題はない。

「五千両を持って峠越えするのはまずい」

大久保屋藤左衛門は、長崎に続く日見峠《ひみとうげ》を毎日のように牢人が行き来していると耳にしていた。

「金を運んでいると牢人どもが知れば、なにをしてくるか」

言わずともわかる。

「ただ長崎警固《けいご》の連中に鼻薬を利かせねばならぬのがなあ」

小さく大久保屋藤左衛門がため息を吐《つ》いた。

長崎警固をしている福岡藩士や佐賀藩士は、湊を出入りする船を臨検する権利を持っている。

「なにを積んでいる」

「どこへ行く」

船を止めて、積み荷を確認するくらいはいい。少しでも気に障ることがあれば、

「番所まで来い」

「船を差し押さえる」

強権を発動する。

言うまでもなく、抜け荷あるいは隠れキリシタンの脱走を見張り、摘発するためのものだが、されるほうにしてみればたまったものではなかった。

とくに小判などを積んでいれば、抜け荷と疑いを持たれるのは必定であった。

「売り上げを本店へと移送いたしまする」

それを防ぐためには、あらかじめ番所へ届け出をしておかなければならなかった。

「いつもいつもありがとう存じまする。お休みのときにでも……」

もちろん、届け出だけで終わるはずはなかった。

酒と相応の金が要る。

「うむ。気をつけて行くように。湊を出るまで付き添う者をだそうぞ」

それが気に入るだけのものであれば、番所の船が同行してくれる。こうすることで長崎奉行所の誰何《すいか》や、もう一つの長崎警固役の藩士たちからの手出しを防げる。

「五両ですめばいいが……」

大久保屋藤左衛門が眉間にしわを寄せた。

三

長崎奉行馬場三郎左衛門利重の要求をかわした弦ノ丞だったが、それでめでたしめでたしとはいかなかった。

「すまぬが、お家のためじゃ。しばし、辛抱をしてくれ」

三宝寺の詰め所で弦ノ丞は、配下たちに詫《わ》びた。

「休息が短くなるが、巡回の度合いを詰めてくれ」

経路を一度巡回して一刻ほどの休息であったのを、休息を半分に減らして、再開までの間合いを縮めたのだ。

「組頭のせいではございませぬ」

志賀一蔵が首を横に振った。

「……すまぬ」

弦ノ丞は志賀一蔵に礼を述べた。

役人というのは、一度口にしたこと、決めたことを覆さない。覆されることを極端に嫌がった。

これは役職への沽券《こけん》にかかわるからであった。

とくに幕府の長崎奉行は格も高く矜持も大きい。その長崎奉行の要請を外様《とざま》小藩の藩士が拒んだのだ。

「なにさまのつもりか」

馬場三郎左衛門にしてみれば、松平伊豆守という上役の影があるとはいえ、納得できることではなかった。

「どちらの要求にも応えてしかるべしであろうが」

松平伊豆守を優先したことは仕方ないとわかっているが、それでも不満は残る。

「見ておれよ」

しっかりと馬場三郎左衛門は根に持っている。

「なにをしておる。そなたらは長崎辻番であろうが」

今日以降、長崎の内町でなにか不祥事があるたびに、馬場三郎左衛門はその責任を平戸藩に押しつけてくる。

「お役目を満足に果たせぬ」

評価を下げるだけならまだしも、

「御上《おかみ》の命を軽々に扱っている」

まじめに取り組んでいないと幕府へ誣告《ぶこく》しかねない。

それをさせないためには、従来以上の功績を見せつけなければならなかった。

「牢人を捕まえた」

「盗賊を討ち果たした」

目に見える手柄を立てれば、いかに馬場三郎左衛門といえども平戸藩を役立たずだとは言えなくなる。

そのために弦ノ丞は辻番の巡回回数を増やすしかなかったのだ。

「馬鹿どもをためらわせるだけでいい」

商家を襲おうとしている盗賊や牢人が、長崎辻番の影に怯《おび》えて、手出しをしなくなれば、それでいい。下手に討伐をしようとして藩士が怪我《けが》をするより、なにもないことこそありがたい。

「なにもないではないか」

辻番が手柄を立てられないのはそれだけ長崎の治安がいいと同義であり、手柄がないことを責め立てれば、長崎奉行の権威は軽いと自ら認めることになった。

「御上のご威光で……」

すなわち天下に争いがないのは、徳川家の武名と統治のおかげだという幕府の建前に、長崎奉行が喧嘩《けんか》を売ることになる。

「怪しいと思う輩《やから》を見つければ、声をかけよ。少なくとも目を合わせよ」

弦ノ丞が配下たちに指示を追加した。

長崎辻番はその役目を顕示するため、昼間でも名前入りの提灯《ちょうちん》を小者に持たせている。そう、一目で長崎辻番だとわかるようにしていた。

その長崎辻番から声をかけられたり、目を合わされたりした者は、なにもなくとも身構える。ましてや、碌でもないことを考えているような連中は動揺する。

「目を付けられた」

「気付かれている……」

それだけで後ろ暗い連中は、勝手に萎縮する。

「急ぐぞ」

なかには、追い詰められて暴発する者もいるが、そういった連中は見かけた段階で、睨《にら》み返してくるなど他とは違う反応を見せることが多い。

これらを見逃さなければいい。

「承知いたしましてござる。では、出ます」

三宝寺の詰め所で万一のときのために待機する一組を残して、二組が任務へと出ていった。

「さて、番頭《ばんがしら》どのよ」

「なんでござろうか」

人気《ひとけ》のなくなった本堂で、志賀一蔵が表情を一層厳しいものにした。

「伊豆守さまのお召しでござるが、どうなさるおつもりか」

志賀一蔵が問うた。

すでに呼び出しを受けてから、二十日近くになる。

老中首座、幕府において将軍に次ぐ権威を誇る松平伊豆守の召還を受けた。

「た、ただちに」

大名家の当主であろうが、隠居であろうが、それこそ翌日には出発する。

それだけの重みがあるものを弦ノ丞は、馬場三郎左衛門の要請があったとはいえ、後回しにしている。

「老中首座さまのお召しでござれば、ご免」

馬場三郎左衛門の要求を拒絶しても、

「……やむを得ぬ」

なんの問題にもならない。

それを弦ノ丞は放置しているといっていい。そのことを志賀一蔵が咎め立てるように訊《き》いてきた。

「嫌な予感がいたして」

弦ノ丞が首を左右に振った。

「……予感」

「さよう。そもそも老中首座が、外様の藩士を呼び出す意味はあるのでござろうか」

怪訝《けげん》な顔をした志賀一蔵に弦ノ丞が首をかしげた。

「たしかに」

志賀一蔵が首肯した。

「百歩譲って、なにかしら老中首座さまが吾に何か御用があるといたしましょう。その内容はなんでございませぬか。拙者はそれをよく知りませぬが」

「御成《おなり》のことではございませぬか」

弦ノ丞の質問に、志賀一蔵が言った。

志賀一蔵はもともと江戸藩邸における辻番の組頭であった。そして辻番として弦ノ丞を迎え、ともに活躍して手柄を立てた。

「国元で郷頭《ごうがしら》を任せる」

できる人材はどこでも求められる。

志賀一蔵は辻番組頭で終わらせるわけにはいかない人材として、江戸から国元へと栄転していった。

その後を平の辻番だった弦ノ丞が継いで組頭となり、御成行列襲撃において名をあげ、やはり国元へ転じた。

「御成のことならば、直後にご説明申しあげましたが」

すんだ話だと弦ノ丞が、より戸惑った。

「……わかりませぬなあ」

「はい」

困惑した志賀一蔵に、弦ノ丞はうなずいた。

「……なにをお考えなのか」

弦ノ丞が大いに悩んでいる振りを見せた。

松平伊豆守がなにを狙っているかを、弦ノ丞は予想していた。

土井大炊頭を陥れる最大の切り札となるであろう、タイオワンの一件の裏を松平伊豆守は弦ノ丞に調べさせようとしていた。

当時、弦ノ丞はまだなにも知らない子供であったため、タイオワンの一件についてはまったく無知である。それをわかったうえで松平伊豆守は、弦ノ丞を走狗《そうく》にしようとしていた。

「江戸へ来い」

これは松平伊豆守の狙いが狙いだけに、書状や使者では秘密の保持が難しいからであった。

なにせ長崎は馬場三郎左衛門の支配地になる。それこそ長崎に入る荷物、人物、書状などのすべてを馬場三郎左衛門は検《あらた》める権利を持っている。

「老中首座松平伊豆守さまの……」

権威を振りかざしたところで、江戸から長崎はあまりに遠い。どれだけ松平伊豆守の目が遠くまで届くとはいえ、せいぜいが大坂までである。

「家臣の某《なにがし》が帰って来ぬ」

松平伊豆守が出した使者が行方不明になっても、

「長崎に入った様子はございませぬ」

馬場三郎左衛門がわからないと首を左右に振ってしまえば、そこで調べは終わる。

「書状が……」

「届いておりませぬ」

弦ノ丞へ指示を書いた書状をだしたところで、着くとは限らない。

長崎へ入るに陸路は一カ所しかなく、そこを押さえているのは馬場三郎左衛門なのだ。

「海から……」

船で入ろうにも、長崎警固の目を欺くのは難しい。

松平伊豆守の名前を堂々と冠して船を出せば、長崎警固の福岡藩、佐賀藩が証人となってくれるので、書状を届けることはできるだろうが、表に名前が出ることで起こる不利は避けられなかった。

「伊豆守が調べているか」

馬場三郎左衛門が松平伊豆守が調査をし始めたと知れば、

「少しばかり邪魔をしてくれる」

と思うだろう。

長崎代官から長崎奉行と、馬場三郎左衛門は長崎に長く赴任している。長崎の中心部内町と交易を支配する長崎奉行、幕領長崎の年貢を取り扱い、内町を囲むようにある外町を差配する長崎代官、その両方を経験した馬場三郎左衛門はすべてを知っているといえた。

当たり前ながら、人脈もすさまじい。

「江戸へ来い」

そんなところで密談などできるはずもなく、松平伊豆守は弦ノ丞を江戸へ呼び出して、役目を言いつけるつもりでいる。

そう弦ノ丞は読んでいた。

「江戸で何かあるということは」

志賀一蔵が別の懸念を口にした。

「ないとは言えませぬが……」

弦ノ丞は断定できなかった。

「滝川さまからは」

江戸家老からの連絡はと志賀一蔵が訊いた。

「なにもござらぬ」

小さく首を左右に振って弦ノ丞がないと答えた。

「そういえば……」

志賀一蔵がふと気付いたという顔をした。

「他にもなにか」

これ以上の面倒ごとは勘弁して欲しいと弦ノ丞が頬をゆがめた。

「いや、そう身構えなさるな。奥方さまのことでござる」

「妻……津根のことで」

「さよう。国元へお向かいなのでは」

「あっ」

言われて弦ノ丞が声をあげた。いろいろありすぎて失念していた。

「大坂から藩船に便乗させてもらっているはず」

滝川大膳からの連絡を思いだした弦ノ丞が言った。

「もう博多辺りか、あるいは国元へ着いておられるのでは」

「国元にはまだのはず。着いたならば国元で留守を守っている者から、報《しら》せがくる手筈《てはず》をしておりますれば」

弦ノ丞が首を横に振った。

「遅すぎではござらぬかの」

「……それは」

もう一言踏みこまれた弦ノ丞が絶句した。

津根は子を産んだばかりであった。本来ならば、夫の弦ノ丞とともに江戸を出て平戸へ向かわなければならないのだが、産み月が近かったこともあり、身二つになるまで叔父に当たる滝川大膳の屋敷で預かってもらっていた。

やがて月が満ち、無事に出産を終えた津根は子を連れて江戸を出た。

「大坂から船に乗せてやれ」

江戸で手柄を立てた弦ノ丞を国元へ移さなければならなくなったことを憐《あわ》れんだ藩主松浦肥前守の温情で、津根は藩の仕立てた公用船への便乗が特別に許された。

藩の公用船は平戸藩出入りの商人の持ち船を一時借り上げという形にしたもので、大坂から瀬戸内を通って、博多、そして平戸へと向かう。

公用船のため、大坂や博多にしばらく滞在しなければならないが、それでも峠も川渡りもある街道を進むことを思えば、はるかに楽であった。

「船室をお遣いくださいませ」

江戸家老の姪《めい》という津根に藩主お声掛かりも付いているのだ。

船主が貴重な船室の使用を認めるのも当然であった。

甲板での雑魚寝《ざこね》と違って、船室は快適であった。さすがに揺れはどうしようもなかったが、雨風が防げるだけでなく、波しぶきに濡《ぬ》れることもないし、強い日差しに肌を焼かれることもない。他にも水主たちの物珍しげな目も避けられる。

女の旅として、これだけ楽なことはまずなかった。

「国元へ問い合わせてはいかがか」

「…………」

志賀一蔵の勧めに、弦ノ丞が苦い顔をした。

「私用で使いを出すというのも……」

弦ノ丞が二の足を踏んだ。

「まったくもって……」

歳上《としうえ》の志賀一蔵が、弦ノ丞を若いなという目で見つめた。

「たしかに上が身を律せねば下の規律は緩みまするが、あまりに厳格では、配下の者どもが息を吐けませぬぞ。絶えず緊張を続けていては、どこかで切れまする」

「固すぎるか」

弦ノ丞が上役としての口調で確認した。

「いささか、無理が見えまする」

「無理……」

言われた弦ノ丞が目を閉じた。

「いろいろと斎どのに負担がかかっておることは、家中の者として申し訳なく思いまするが、それだけ期待されているのでござる。殿も滝川大膳どのも斎どのならばできるとお考えのはず」

「殿のご期待とあらば、応えねばなりませぬ」

「それでござる。それが無理というもの」

「吾では殿の期待に応えられぬと言われるか」

弦ノ丞が憤りを見せた。

「捉えかたが違いますぞ。できないの無理ではなく、やりすぎの無理でござる」

「…………」

あきれた口調の志賀一蔵に、弦ノ丞が気まずそうに目をそらした。

「少しは気を緩めなされ。なにより奥方どのの安否がわからねば、気が乱れましょう」

「……さようでござるな」

弦ノ丞がうなずいた。

四

曽田と建部、佐々木と新たに加わった牢人、合わせて七人が三組に分かれて、大久保屋を見張っていた。

「辻番が来たぞ」

「またか」

建部と曽田が顔を見合わせた。

「一刻に一度は回ってきておる」

「……倍か」

二人が苦い顔をした。

「ばれたか」

「大久保屋を襲うとわかっておるならば、巡回ではなく待ち伏せるなり、町奉行所へ報せて出務を頼むなりするはず」

「ふむ。ならば場所はわからないが、なにかあると警戒を強めている」

「そう考えるのが妥当であろう」

建部の推察を曽田も認めた。

「しかし、一刻か。余裕はないな」

「厳しいな」

当初の予定では巡回と巡回の間を二刻で計っていた。二刻あれば、店を襲って金を持ち出すのに十分だと考えての計画だったが、長崎辻番の行動の変化で崩壊しかけていた。

「どうする」

「一度退《ひ》いて策を練り直そう」

対処を訊いた建部に曽田が告げた。

「では、他の者にも」

建部が他の二組の潜んでいるところへ行こうと曽田を誘った。

「佐々木」

「曽田どのか。どうした」

呼ばれた佐々木が、建物の陰から顔を出した。

「辻番のことだが……」

「あれか」

佐々木も頬をゆがめた。

「あまりよい状況とは言えぬの」

「……どういたすか」

嘆息する曽田に佐々木が尋ねた。

「策を練り直す」

「ということは、今日は中止ということか」

佐々木が連れてきた牢人が口を挟んだ。

「ああ。このままではしくじるやも知れぬ」

「それは認められぬ」

牢人が強い口調で反対した。

「おい、こっちへこい」

さらに牢人は残りの二人を手招きした。

「声が大きい」

曽田が思わず注意した。

「………」

なんのために潜んでいるのかわかっていないのか、わざとなのか、牢人は曽田の注意を無視した。

「なんじゃ」

「どうした」

呼ばれた牢人が怪訝な顔をしながらやってきた。

「聞いてくれ。こいつ、今日の襲撃は中止だと言うのだ」

「なんだと」

「ふざけたことを」

新たに来た牢人たちも非難の目を曽田に向けた。

「落ち着け。おまえたちも見ただろう、長崎辻番の姿を」

「見たがどうした」

曽田の話に牢人の一人が噛《か》みついた。

「巡回の間隔が当初の予定より短い」

「そんなもの理由になるか」

「おうよ。短いとはいえ、間はあるではないか」

牢人たちが口々に反論した。

「足りぬとは言わぬが、余裕がなさ過ぎる。逃げる間が極端に減る」

曽田がもう一度説明した。

「そのようなもの、どうとでもできるだろう」

「そうじゃ」

「店が開いている今ならば、大戸を破る手間が要らぬではないか」

深く考えることはないと牢人たちが述べた。

「昼間ぞ。顔を見られるだろうが」

「見た奴《やつ》は殺せばいい」

あきれる曽田に、牢人の一人が言った。

「……っ」

曽田が絶句した。

「なにを驚いている。斬《き》り盗《と》り強盗、押し込み強盗というのは、そういったものであろうが」

牢人の一人が嘯いた。

「ま、待て。そのようなまねをしては、よりまずいことになるぞ」

あわてて曽田がなだめた。

強盗だけでも十分な罪であるが、人殺し、下手人とは話が違った。

大名領ならばまだしも、長崎は幕府領である。ここで人を殺せば、まちがいなく天下に手配書きが回る。

江戸、京、大坂の三都にはまず足を踏み入れられなくなる。他にも博多、鞆《とも》、下関《しものせき》など主要な湊にも手配される。大名領の湊だが、幕府の機嫌を取りたい大名は手配の対応に手を抜くことなく、厳しく詮議する。

とくに船は乗る者の確認をしっかりおこなう。

こうなってしまえば、九州から出られなくなってしまう。

「金を奪っても遣えなくなるぞ」

曽田が牢人たちを説得しようとした。

「ふん、金さえあればいくらでも道はある。船を仕立てて長崎から出ることもできる」

「できるわけなかろう。長崎を出る船はすべて長崎警固の検めを受けるのだぞ」

「金でどうにかできる。なあに、十両も握らせれば、黒田や鍋島の侍など黙らせることができるわ」

牢人たちの意気は下がらなかった。

「船の手配はどうする。すぐにできるものではない」

漁師の船を逃走用に使おうとしても、どれが金で動くかなどその場でわかるはずはなかった。

「金で動かぬ者などおらぬ」

牢人が断言した。

「…………」

曽田が詰まった。

「なにより、今日金が入らぬと困る」

「今日でなければ困る……どういうことだ」

あまりに切羽詰まった様子を見せた牢人を曽田が問い詰めた。

「もう鐚銭《びたせん》一枚もない」

一人の牢人が金がないと言った。

「おぬしは」

曽田が別の牢人を見た。

「我らは坊主を殺している」

「えっ」

残り二人の牢人がとんでもないことを白状した。

「借宿として世話になっていたのだがな……」

口を開いた牢人が、相方の牢人へ目を流した。

「今回の話が来ただろう。金が入れば、もう長崎には用はない。そこでまあ、行き掛けの駄賃となあ」

相方の牢人が目を流し返した。

「坊主と小僧を斬り殺して、賽銭箱《さいせんばこ》の中身をいただいたというわけでな」

戻された牢人が語った。

「い、いつの話だ」

死体が見つかれば、峠に検問所ができる。もちろん、市中の見廻《みまわ》りも厳しくなった。

曽田が蒼白《そうはく》になった。

「心配するな。しっかり死体は埋めてきた。場所には困らなかったでな」

にやりと相方の牢人が嗤った。

「どうする」

曽田が建部に尋ねた。

「止《や》めるべきだ」

建部が首を横に振った。

「だの。ではな」

首肯した曽田が背を向けた。

「しばらくは無理だなあ」

嘆息しながら建部も続いた。

「おいっ」

牢人の一人が制止の声をかけたが、二人は振り向くことなく去っていった。

「どうする、おぬしは」

佐々木が声をかけられた。

「…………」

しばらく牢人たちの様子を窺《うかが》っていた佐々木だったが、一人の牢人が刀の柄《つか》に手をかけたのを見て、

「やる」

決断した。

店の近くの物陰とはいえ、牢人が五人集まっていれば目立つ。

「旦那さま」

「どうかしたのかい」

店の奥まで顔を出した番頭に、大久保屋藤左衛門が首をかしげた。

「牢人らしき胡乱《うろん》な者が……」

「……金の臭いを嗅ぎつけたか」

大久保屋藤左衛門が眉間にしわを寄せた。

自らイギリスとの商談へ行くと決めた大久保屋藤左衛門は、その費用として五千両を用意していた。

「いかがいたしましょう」

「金は蔵だね」

問うた番頭に大久保屋藤左衛門が確認した。

「さようで」

番頭が首を上下に振った。

「積み出しは中止しよう」

「よろしいので。佐賀さまが湊警固をなさるのは今日の夕刻から明日の朝まででございますが」

鼻薬の効果は、短い。

「五両を惜しんで、五千両やられたら意味ないだろう」

「仰せの通りでございまする」

主に判断させるのがいい奉公人というやつである。ようは責任を取らずにすむようにすることこそ、奉公人の肝心であった。

「誰かを三宝寺へ走らせなさい。牢人に気づかれないよう、裏から遠回りして行くように言いつけるんだよ。あと表戸を閉めなさい。少しはときを稼げるだろう。それと基輔《きすけ》と元三郎《げんざぶろう》を呼んでおくれ」

「ただちに」

大久保屋藤左衛門の指示に番頭が動いた。

「なにか御用でございまするか」

「…………」

番頭の付き添いなしに、二人の手代が大久保屋藤左衛門のもとへ顔を出した。

「おまえたちは、剣が遣えたね」

「いささかでございますが」

「人後に落ちぬと自負しておりまする」

二人の手代が胸を張った。

手代の基輔と元三郎はもと武士であった。それも武を誇った九州熊本の加藤家に仕えていた。

「改易に処す」

その加藤家はわずか二代で潰されてしまった。

豊臣恩顧の大大名というのが徳川にとって危険視されたからだと言われているが、二代目だった忠広《ただひろ》が、愚かであったのは確かだった。

結果五十万石以上という大名がなくなったことで、数千をこえる牢人が生まれた。

そのなかの二人が、海外との交易で利をあげていた大久保屋藤左衛門に拾われた。ようは腕を見こまれた用心棒であった。

商人になったので、基輔も元三郎も両刀を差してはいないが、店の奥で目立たぬように鍛錬はしている。というか、算盤は遣えないので、力仕事をするか、武術の鍛錬をするか、とにかく有事に備えて雇われている身分であった。

「商家に刀があるのはよろしくないからね」

「これで」

刀は支給できないといった大久保屋藤左衛門に、基輔は戸締まりに使う半間《げん》（約九十センチメートル）ほどの杖《つえ》を手にして見せ、

「すでに用意はしております」

元三郎が懐から十手を出した。

町方役人と同じ銀鍍金《ぎんときん》、房付きのものを手に持つことはできないが、武術としての十手術は認められている。当たり前だが、十手も遣えた。

「結構。遠慮はしなくていいからね」

大久保屋藤左衛門が口の端を吊りあげた。

馬場三郎左衛門への対応で、巡回間隔を狭めた結果、本営である三宝寺の兵力はほぼ空であった。

「すいません、お助けを」

その三宝寺に大久保屋の小僧が駆けこんできた。

「どうした」

「大久保屋の者でございまする。今、当家の周囲に牢人が集まっておりまする。主から三宝寺さまへお報せせよと言われまして、参りました」

「牢人か。何人かはわかっておるか」

小僧の話を聞いた弦ノ丞が問うた。

「番頭の話では、五人ほどだと」

「……五人か。わかった。向かう。そなたは危険ゆえ、ここで待っていよ」

弦ノ丞が小僧に告げた。

「弥之助《やのすけ》、新太《しんた》、付いて参れ。捕縄を忘れるな」

「はい」

「お供をいたしまする」

声をかけられた小者二人が首肯した。

辻番士はちょうど出払っており、残っていたのは弦ノ丞と中間、小者を合わせて五人しかいない。だからといって全部を連れていくわけにはいかなかった。三宝寺を留守にすれば、他の辻番たちになにかあったときなどの連絡が途切れてしまうからであった。

「行くぞ」

弦ノ丞がたすき掛けをすませると、飛び出した。

牢人たちの中央に挟まれるようにして、佐々木は大久保屋へと歩を進めた。

「大戸をどうする」

「蹴破るだけだ」

佐々木が大久保屋の大戸が閉まっていることに気づいて問い、牢人の一人が答えた。

「そうか」

もう止まらないと佐々木が悟った。

「行くぞ」

佐々木も肚《はら》を据えた。

「ああ」

「やるかあ」

佐々木の合図に牢人のなかから大柄な二人が前に出た。

「どっせえい」

「おうりゃ」

二人が大戸を蹴破った。

「よし」

「やった」

残っていた牢人二人が歓喜した。

「ぎゃっ」

大戸を蹴破った牢人の一人が絶叫した。

「あ、足が」

牢人が足を抱えて転がった。

「なんだっ」

「どうした、二上《にがみ》」

「足癖の悪いやつだ」

残りの牢人が驚くなか、大戸を内から吹き飛ばすようにして、大久保屋の奉公人基輔と元三郎が出てきた。

「折れただろう」

「あれはもう戦えぬぞ」

呻《うめ》いている二上を基輔と元三郎が見下ろした。

「ちっ、用心棒か」

佐々木が気づいた。

「面倒だが、数はこっちが多い」

一人欠けても、四人いる。

二人の相手はできると佐々木が仲間を鼓舞した。

「元三郎。右をやる」

「左は受けた」

基輔と元三郎が互いに背を預ける形になった。

「棒と……十手か。そうか、二上の臑《すね》を叩《たた》き折ったのは、十手か」

牢人の一人が理解した。

「面倒だな、十手は」

「たしかに」

　牢人たちが嘆息した。

　十手は鉄の棒と同じであり、刀を受けるための鉤《かぎ》や鍔《つば》が付いている場合が多い。受けた刀をうまく滑らせて鉤や鍔に当て、そこでひねりを入れることで折ることもできる。

「だが、短い」

「ああ。二人の攻撃を受けることはできぬ」

　戦いに牢人たちは慣れていた。

　十手は特注品でないかぎり、せいぜい一尺（約三十センチメートル）ほどしかない。長くなれば取り回しが悪くなり、その特性が失われてしまうからだ。

「ちっ」

　元三郎が苦い顔をした。

「合わすぞ」

「任せろ」

　牢人二人が、じりじりと元三郎へと迫った。

「杖術《じょうじゅつ》……邪魔くさいの」

「手強《てごわ》いな」

　佐々木と残りの牢人一人もため息を吐いた。

槍《やり》と違って杖には前後がない。穂先を常に意識して戦わなければならない槍よりも杖は応用が広い。ただ、槍のように一撃必殺とはなかなかいかなかった。

「……借りるぞ、二上」

佐々木が痛みのあまり気を失ってしまった二上の脇差を左手で摑んだ。

「二刀流……」

九州にはかの宮本武蔵《みやもとむさし》が残した二天一流があった。

基輔が警戒した。

片手に太刀《たち》、もう片手に脇差を使う二天一流は、片手で両手並の負担に耐えられなければならず、かなり膂力《りょりょく》がなければ難しい。

「……馬鹿だな」

杖を構えなおした基輔を、佐々木が嗤った。

「氷室《ひむろ》」

「いつでもいいぞ」

佐々木の合図にもう一人の牢人が応じた。

「ならばっ……」

いきなり佐々木が脇差を振りかぶって投げた。

「なっ」

予想していなかった事態に、あわてて基輔が杖で飛んできた脇差を払った。

「おおおおお」

そのときにはすでに氷室と言われた牢人が突っこんでいた。

「二刀なら、己の脇差を使うだろうが。投げれば傷むから、他人のものを拝借したのだ」

さらに投げ終わった佐々木も語りながら駆けた。

「まずい」

基輔は体勢を崩しながらも、氷室の一撃を受け止めた。

「もらった」

佐々木が動けなくなった基輔に向けて太刀をぶつけようとした。

「辻番頭斎弦ノ丞である」

そこへ弦ノ丞の叫びが響いた。

少し離れたところで状況を把握した弦ノ丞は、間に合わないと判断して大声をあげ、威圧することにしたのだ。

「……辻番」

「早いっ」

計画当初から警戒していた相手の名前に、牢人たちの動きが一瞬止まった。

「助かった」

「ありがたし」

基輔と元三郎がその隙を見逃さず、各々一人ずつの牢人へと集中した一撃を繰り出した。

「ぐうう」

「かはっ」

　十手が牢人の一人の肩を打ち砕き、棒が回転して斬りつけてきていた氷室の顎を下から打ちあげた。

「いかぬ。逃げるぞ」

　佐々木が背を向けた。

「えっ」

　仲間がやられたところに、同僚の戦線離脱である。

　どれだけ手慣れていても、戸惑いが生じるのは無理なかった。

「こいつは、我らが」

　元三郎が弦ノ丞に告げた。

「うむ。弥之助、倒れている牢人を捕縛せよ。吾はあやつを追う」

「はっ。新太、斎さまに付け」

「わかった」

小者たちも己のやることをしっかりとこなした。

「……しつこい」

追いかけてくる弦ノ丞を見るために、佐々木が振り返った。

「おとなしく縛に就け」

弦ノ丞が命じた。

「捕まってたまるか」

佐々木が前へと顔を戻した。

どれほど鍛えていても、視線が一定しなければ全力疾走の体勢を維持するのは困難であった。

「……あっ」

ほんの少しだけ、佐々木が蹈鞴《たたら》を踏んだ。

「止まれっ」

指呼の間に迫った弦ノ丞が、もう一度叫んだ。

「だめか」

逃げ切れないと判断した佐々木が、足を止めて振り向き脇差を抜いて、弦ノ丞を待ち構えた。

「おまえを殺して、逃げてやる」

佐々木が脇差を振りかぶって、三間（約五・四メートル）ほどに近づいていた弦ノ丞へと投げた。

「もう見たわ」

弦ノ丞はしっかりと対応した。

半歩右へと踏み出して、脇差を避《よ》けると踏みこんだ。

「ちいいい」

かわされたとわかった佐々木が、抜いていた太刀で斬りつけてきた。

「…………」

もう一歩踏み出しながら、膝を地につけるくらいに姿勢を低くした弦ノ丞が、太刀を抜き打ちに走らせた。

「あっ」

下からの一刀は間合いが計りにくい。思ったよりも喰いこんできた太刀に腹を割かれ、青白い腸《はらわた》を溢《あふ》れさせながら、佐々木が白目を剝《む》いて崩れ落ちた。

「辻番を甘く見すぎじゃ。我らは捕吏にあらず。武を以《もっ》て悪を滅するものなり」

太刀に拭いをかけながら、弦ノ丞が宣した。

第三章　御用部屋の色

一

土井大炊頭利勝は干された。

「尻に殻がついたままでありながら、親鳥に手向かうとは思いあがったものよ」

登城を止められてはいないが、来るなと言われたに等しい。

「長年の苦労に報いる。登城には及ばず。諮問したきことがあれば召す」

呼ぶまで屋敷で待機していろと家光に言われたのだ。

「…………」

将軍となってからずっと導いてきた家光は弟子のようなものである。その弟子から不要と断じられた師匠は反論できなかった。

なにせ相手は天下の将軍なのだ。

「天下に匹敵する」

二代将軍秀忠から、そこまで評価され、

「大炊頭にすべて任せておけばよい」

将軍代替わりの際、大政委任の座も与えられた。

「よしなに頼む」

三代将軍となった家光も最初はおとなしかった。

「鍛えてやってくれ」

その家光から頼まれて、松平伊豆守、阿部豊後守、堀田加賀守らに執政としての心得を教えたりもした。

「だがそれも過去の話である」

やがて将軍の座を譲って大御所となった秀忠が死に、

「自ら処せ」

弟で将軍継承順位筆頭の駿河大納言忠長を自害させたころから、家光は好き放題にし始めた。

「弟君を死なせては、公方《くぼう》さまのご評判が悪くなりまする。駿河を取りあげられるのはよろしいが、徳川の名字を剝奪して、隠居させれば十分かと」

土井大炊頭は秀忠の願いであった忠長保護に従って、家光へ進言した。

「大炊頭の意見は聞いた。なれど躬《みども》は許さぬ。あやつこそ天下の乱れである」

家光は忠長を生かしておくつもりはなかった。

「せめて名誉ある死を」

こうなってはしかたがなかった。家光の性格は狷介《けんかい》であり、根に持つこと甚だしいとわかっている。しつこく助命を願えば、吾《わ》が身も巻きこまれる。

ただ将軍の弟にふさわしい死をと土井大炊頭は方針を変えた。でなければ、幼いときから両親の寵愛《ちょうあい》を奪い、一時は三代将軍の座も危なくなった恨みから、斬首という罪人扱いを家光はしかねなかったからであった。

「聞き届ける」

家光がすんなりと受け入れた。

だが、これが最後だった。

以降、家光は政にかんして将軍親政をおこない、土井大炊頭へ預けることをしなくなった。

「どう考えるか」

難しい案件があっても、土井大炊頭ではなく堀田加賀守らに相談を持ちかけるようになっていった。

「気付かれたようじゃ」

まだ大老に祭りあげられる前、老中として御用部屋にいながら、することもなくただときを過ごしていた土井大炊頭が嘆息した。

「大政委任というのは、ときの公方さまが認めた場合だけ」

土井大炊頭は秀忠が認めた大政委任であって、その地位は秀忠が将軍である間に限られている。いずれ家光は土井大炊頭を使わなくなる。代わりに子飼いの臣を引き立てるが、秀忠から見れば松平伊豆守らはとても天下の政を担うには弱い。

ただ、そのことをわざと秀忠は家光へ知らせなかった。

「苦労するがいい。おもうがままなどさせるか」

手なれていない松平伊豆守らが政をこなせるようになるまで家光の考えた天下はこない。秀忠にしてみれば、家光は跡継ぎではなかった。

「長子相続こそ、天下太平の秩序である」

家康によって秀忠の思いは潰された。

徳川にとって家康の言葉はなにより重い。家康が死んだからといって、三代将軍を家光から忠長へ替えることは、二代将軍でもできなかった。

「忠長に将軍を譲る」

もしそう宣すれば、天下は二分される。旗本の多くは秀忠に従うだろうが、御三家は敵対する。

「ならば、我らが将軍であってもよかろう」

忠長は家康によって、御三家と同じ扱いを受ける大名とされている。その大名を将軍にするならば、御三家にもその権利は生まれて当然である。

「徳川が割れた」

外敵に対して一枚岩になれない、内紛を起こした家は弱い。外様《とざま》大名が黙ってこの好機を見逃すはずはなかった。

「吾《われ》こそ天下人なり」

西国や北陸の大大名が京を支配し、将軍宣下を受ければ徳川幕府は終わる。

「朝敵を討て」

さらに朝廷に徳川を朝敵として指定させれば、天下の大名の多くが敵に回る。

「徳川の家臣なれど、朝敵には従えず」

関東以西の譜代大名のなかには、その領土を守るために寝返る者も出てくるかも知れなかった。

まさに天下大乱の再編になる。

「…………」

それがわかっていたからこそ秀忠は耐えた。

その秀忠最大の嫌がらせが、「天下とともに大炊を譲る」という罠《わな》であった。

しかし、その罠もときを重ねて破られた。

「いつこの身に災いが降りかかるか」

吾が身が危ないと土井大炊頭は気付いていた。

「神君家康公には恩がある。だが、二代目、三代目にはない」

土井大炊頭が険しい顔を見せた。

そもそも土井大炊頭利勝は、土居家の血を引いていなかった。土井大炊頭の実父は、家康の生母於大の方の兄、水野信元であり、家康とは従兄弟《いとこ》になる。

その土井大炊頭が土居家の養子となったのは、水野信元が罪を得て自害させられたからであった。

徳川家康と近い水野信元は、三河と尾張《おわり》の中間で海に突き出ている知多《ちた》半島を領する国人領主であった。

「松平に利なし」

水野家は乱世の生き残りをかけて、三河松平家と結んでいた同盟を破棄、代わって尾張の織田家と手を組んだ。

「敵対した者の娘を妻としておくことはできぬ」

家康の父松平広忠《ひろただ》が、於大の方を離縁した。

その後、桶狭間の合戦を経て独立した家康は、織田信長と同盟を組み、結果、水野家とも交流を再開した。

やがて織田信長の勢力が拡大するにつれて敵も増え、とうとう戦国最強とうたわれた武田家との関係が破断した。

「武田家に通じた」

何があったのかはわからないが、織田家譜代の重臣佐久間信盛《さくまのぶもり》が水野信元を誣告《ぶこく》、それを信じた織田信長の指図で、家康は水野信元を処断することになった。

「哀れなり」

水野信元が自害した後、残されたのが三歳になったばかりの幼児、後の土井大炊頭であった。

家康はなぜか土井大炊頭を手元で扶育することなく、家臣の土居利昌の養子とした。

「跡継ぎとする」

土居利昌は、すでに元服した長男がいたにもかかわらず、預かった土井大炊頭を跡継ぎとして、家を継がせた。

「長松《ながまつ》の小姓をせよ」

秀忠が生まれてすぐに土井大炊頭は家康の命で、その扶育役となった。

「千石与える」

家康が秀吉によって関東へ移封されると土井大炊頭は二百俵から千石へ、さらに関ヶ原の合戦を経て、慶長七年（一六〇二）には下総小見川一万石の領主となって諸侯に列した。

さらに下総佐倉三万二千四百石、四万五千石、六万五千二百石と加増を受け、秀忠が大御所となるときに、長年の功績に報いるという形で十四万二千石という譜代名門でも数えるほどしかいない石高へと立身した。

「武家諸法度《しょはっと》の改正に尽力した」

家康、秀忠に続いて家光からも賞され、下総古河十六万二千石へ移された。

「かたじけなく……」

加増や立身を断る者はまずいないし、断れば主君の面目を潰すことにもなる。

土井大炊頭はありがたく加増、栄転を受け入れた。

「まずいの」

加増を受けていながら、土井大炊頭の表情は暗い。

というのも、この加増が大御所秀忠の死後だったからであった。

土井大炊頭は先代秀忠の寵臣であった。

寵臣とは主君に気に入られ、身分を超える重用、引き立てを受ける者のことを指す。いわば一代で目を見張るだけの出世をする者である。

二百俵の扶育役から十六万二千石という大名にまで駆け上った土井大炊頭は、まさにその寵臣の最たる者であった。

そして寵臣には避けられない破滅が待っていた。後ろ盾だった主君が亡くなるなり、寵臣の足下は崩れる。とくに次代の主君が先代と仲が悪ければ、まちがいなく報復を受けた。

「本多上野介《ほんだこうずけのすけ》のことがある」

寵臣の没落というのを、土井大炊頭は直接目にしていた。

本多上野介正純《まさずみ》は、徳川家康の謀臣本多佐渡守正信《さどのかみまさのぶ》の嫡男で、その系統の継承者であった。

本多正信は、家康の幼なじみであり、一時三河一向一揆《いっこういっき》に与《くみ》して出奔したりしていたが、後年は徳川による天下取りを知謀で支えた功臣であった。

この本多正信の後を継いだのが正純であった。正純も優秀であり、家康の大御所政治に加わった。親子揃《そろ》って家康に仕えたことで武士でもない鷹匠《たかじょう》の身分から大名となり、正純はついに宇都宮《うつのみや》で十五万五千石の高禄《こうろく》を差配するまでになった。

「上野介が十五万五千石になったのも、家康公と本多正信の両方が死んでから……」

土井大炊頭が思い出していた。

立身した本多正純だったが、その栄華は短かった。

忠長のことはもちろん、遠くは関ヶ原遅参の叱責など、秀忠は家康のことを嫌いながらも怖《おそ》れていた。

「死んだな」

ずっと頭を押さえられていた秀忠が、家康という重石《おもし》から解放された。

「ならば……」

最初に秀忠がやったこと、それが家康の側近であった連中の排除であった。

「将軍を殺そうとした」

秀忠は本多正純を罠にかけた。

家康の眠る日光へ参拝する途上にあった宇都宮城で宿泊するからと、準備をさせるだけさせておいて、寸前で撤回した。

「将軍の寝室の天井が落ちるように細工されていた」

事実であろうが、冤罪《えんざい》であろうが、将軍が口にしたことは真実となる。綸言汗《りんげん》のごとしではないが、取り消すことは誰にもできなかった。

「出羽由利《でわゆり》にて五万五千石をくれてやる」

「お断りいたしまする」

さすがに気まずかったのか、秀忠が本多家を大名として残そうとしたのを、正純は拒んだ。

「ならばいたしかたなし」

本多正純は秋田藩佐竹《さたけ》家へ預けられ、わずか千石の捨て扶持《ぶち》を与えられることになり、没落した。

土井大炊頭は、まさにその状況にあった。

「潰される前に……」

本多家の二の舞はご免だと、土井大炊頭は逃げをうった。

「体調芳しからず、お役目から退《ひ》かせていただきたく」

「そなたに去られては天下が困る」

隠居したいという土井大炊頭の願いを家光は拒絶した。

「どうあっても潰す気だな」

土井大炊頭は家光の意図を悟った。

寵臣を罰するにはいろいろと決まりがあった。

とくに直系相続の場合は、制約が厳しかった。

「免じる」

寵臣を辞めさせるということは、先代には人を見る目がなかったと断じるに等しい。

「父親の名誉を……」

幕府は忠孝を旨として天下を治めている。その幕府の頂点たる将軍が、父親を貶《おとし》めるなど論外である。

それをしてしまえば、今後幕府は忠義と孝行を名目とする罪を科すことはできなくなる。

では、どうやって土井大炊頭を罪に墜《お》とすのか。

土井大炊頭に落ち度があればいい。ただ、問題はそれまでに土井大炊頭が隠居して屋敷に引っこんでしまうことだ。そうなるとしくじることはなくなる。

そのため家光を始めとする松平伊豆守ら執政は、土井大炊頭をなんとしても現役で置いておかなければならなかった。

「なにとぞ、隠居をお許しいただきたく」

土井大炊頭は身を守るため、しつこいくらいに願った。

「辞めさせるわけにはいかぬが、このままでは世間体も悪い」

家光が手段を考えろと松平伊豆守らに問うた。

「祭りあげてしまえばいかがでございましょうか」

これに答えを出したのが松平伊豆守であった。

「大老という非常の職を作り、登城をしなくてよいといたせば……」

「それでは、政から大炊頭を排除できるが、罪にはできぬぞ」

最初家光は乗り気でなかった。

「なにも登城せずともお役目はできましょう。公方さまから使者を遣わして、土井大炊頭に諮問を命じられればよろしゅうございまする。さすれば、大炊頭としては答えねばなりませぬ。答えなければ、将軍の問いに応じなかったとして咎《とが》めればよろしく、回答をしてまいったならば、そのとおりにしてみて結果がよろしくなければ、その責を負わせれば……」

「なるほどの。さすがは知恵伊豆じゃ」

松平伊豆守の説明を受けた家光が膝を叩《たた》いて賞賛した。

その結果、土井大炊頭は俎上《そじょう》の鯉《こい》の状況に置かれることになった。

「油断すれば、そこまでだ」

土井大炊頭は緊張を強いられていた。

そもそも土井家の本流ではない。本流どころか、まったくかすりもしていない血筋から押しつけられた養子であった。

血筋に重きを置く武家である。土井家譜代の家臣たちからしてみれば、大炊頭はお家乗っ取りの重罪人になる。

「…………」

それでも文句を言わず、陰口くらいで反抗しないのは、土井大炊頭の後ろに神君家康がいただけでなく、従来の主君では望むこともできない立身出世を成し遂げたからであった。

「家禄が倍になった」

「数百石の加増をいただいた」

土井家の家臣たちは、望外の厚遇に喜んだ。

「簒奪者《さんだつしゃ》が……」

それでも文句を言う者はいたが、それもやがて代替わりして消えていく。なにせ土井家に忠義を捧《ささ》げる譜代の家臣は、大炊頭が養子になったときすでに成年していたのだ。土井大炊頭が家督を継いだころには、まだ多かった不満を持つ者も、いまや数えるほどになっていた。

「役に立たぬ」

当然、土井大炊頭もいい気はしていない。

「ものの見えぬ輩《やから》は使えぬ」

乱世から泰平、武から文へと天下は動いた。

戦場でむやみやたらと敵へ突っこむような考えなしはもう要らなかった。

「家柄だけに禄をくれてやるのも気に入らぬが」

土井大炊頭も己が養子だというのはわかっている。反対する者、根に持つ者がいることも理解している。

「二十石加増してくれよう」

そういった連中を宥《なだ》めるための経費だと我慢もしている。

それでも役立たずには、それ以上の加増はしない。

「なぜ、我らだけに薄い」

不服を言う者も、

「殿のために働かぬからじゃ」

同僚たちに諭されて、膝を屈していく。

「我らは折れぬ」

土井大炊頭へ忠節を尽くさないという者は、片手の指で足りるほどになっていた。

「放置はできぬ」

冷遇されているのは、己が正しいことを主張しているからだと思いこんでいる連中は扱いやすい。

「公方さまは土井家を正しい血筋に戻すべきだとお考えである」

松平伊豆守あたりに、そう囁《ささや》かれればあっさりと落ちる。

事実、数名がその誘いに乗ったことを土井大炊頭は摑《つか》んでいた。


「さて……」

松平伊豆守が気を取り直した。

「玄内《げんない》」

一人きりの居室で、松平伊豆守が名を呼んだ。

「……お召しで」

静かに隣室との境になる襖《ふすま》が開いた。

「まだ連絡はないか」

「ございませぬ」

松平伊豆守の問いに玄内と呼ばれた家臣が首肯した。

「やられたな」

「おそらくは」

嘆息する松平伊豆守に玄内が同意した。

「ものは三郎左衛門のところにあると」

「まずまちがいなく」

確かめた松平伊豆守に玄内がうなずいた。

「……ふむ」

松平伊豆守が思案に入った。

「どう思う。三郎左衛門は裏切ったと考えるべきか」

「裏切ったと考えるには、いささか弱いのでは」

口にした松平伊豆守へ、玄内が小さく首を左右に振った。

「資料を取りこんだまま、こちらへ手渡さぬが」

松平伊豆守が懸念を口にした。

「輸送中のことを気になさっておられるのでしょう」

玄内が応じた。

徳川が天下を把握して、泰平になったとはいえ、その威光の届くところはまだそう大きくはなかった。

ましてやつい先日、九州では大乱が起こったばかりである。

天草四郎時貞《あまくさしろうときさだ》に与した者は、裏切った者を除いて根切りにされたとはいえ、島原を最後の戦場と考えて望みを持って集まってきた牢人《ろうにん》たちがいる。

たしかに戦場で手柄を立て、大名に召し抱えられた者もいたが、そのほとんどは大望もむなしく、徒労に終わってしまった。

「無念」

「ああ、吾が思いは届かず」

失意にまみれた者たちが、三々五々いずれかへと散った。それらが行き着く先は、野垂れ死にか、他者を襲ってでも生き延びるか。

「金を出せ」

「手向かいするなら、こうだ」

斬《き》り盗《と》り強盗が増えた。

「老中首座松平伊豆守さまが公用便であるぞ」

襲われたときに名前を出しても、意味はなかった。

「なにっ老中首座だと。それは見逃せぬ」

いや、かえって悪い結果を呼んだ。

「我らの主家を潰したのは幕府ぞ」

「その恨みを晴らそうではないか」

まちがいなく公用便は奪われ、使者は殺される。

「野良犬ごときが」

使者が二人以上いて、武芸達者であっても無意味であった。

「おおい、ここに老中の使者がおるぞ」

牢人が大声をあげれば、

「なんだと」

「今行くぞ」

たちまち牢人が集まってくる。

そして、戦いは数がものを言う。どれだけ腕が立っても、二人でどうにかできるのは六人から八人、敵にも剣術の遣える者がいれば、同数が精一杯であった。

い。


「押さえておくぞ」

「同時に斬りかかる」

　正面から一人が対応している間に、背後や横から襲われれば名人上手であっても難しい。

「これが伊豆守の書面か、どれどれ」

　使者を討ち果たした牢人が、書状の中身を無視するはずもなく、内容を検《あらた》める。

「ほう、土井大炊頭を……おもしろい」

　少し頭の回る者がいれば、この書状の持つ危うさは見抜いてくる。

「金になるな」

　使いかたもわかっている。

「どちらに売りつけるか」

　松平伊豆守に公表されたくなければ買い取れと脅すか、政敵の足を引っ張る道具はいかがかと土井大炊頭に売りつけるか。

「江戸まで行くのは面倒だ。長崎奉行に……」

　松平伊豆守に目を付けられている馬場三郎左衛門にとって、この書状は使い道がある。

「百両でいいな」

　馬場三郎左衛門なら牢人者を殺して奪うより、金で片を付けようとするはずであった。

うまく口封じができればいいが、手出しをして逃げられれば、書状は馬場三郎左衛門を刺す刃物へと変わりかねないのだ。

手に入れた書状を馬場三郎左衛門は有効に用いる。

「このようなものが……」

新たな権力者へすり寄るために使う。

「これはいかがなものか」

松平伊豆守の追い落としの武器として、次の世代を担う大坂城代、京都所司代に渡す。

「いささか僭越《せんえつ》が過ぎるのではと存じまする」

幕府創成に何の功績もなかった微禄の若い寵臣の台頭を快く思っていない、御三家や井伊《いい》家や酒井《さかい》家などの譜代名門大名に預けて政権を揺さぶるか。

当事者である馬場三郎左衛門は的確に書状を処理するだろう。

「書面はまずい」

相手に有利に働く可能性があるものは使えなかった。

「知らぬ。余を貶めたい者が捏造《ねつぞう》したものであろう」

もちろん、とぼけることはできる。

だが、偽書だと断じられるような書状では、意味がないのだ。

「これでは信用できませぬな」

書状を受け取った馬場三郎左衛門が、指示に従うことを拒む。

「長崎奉行が勝手にしたこと」

いざとなったとき、書状はなんの証拠にもならないどころか、馬場三郎左衛門を処断する凶器に変じる。

「少なくとも花押は入れていただかねばなりませぬ」

政にかかわる者は、かならず逃げ道を作っている。その逃げ道を塞いでおかなければ、下役は犠牲になることを強いられることになった。

「使者ならば……」

馬場三郎左衛門と面識のある家臣を出せば、こういった問題は起こらない。

起こらないわけではないが、松平伊豆守にしても馬場三郎左衛門にしても、言いわけが通じた。

「すでに放逐した」

松平伊豆守は当該の家臣を遡って切り捨て、無関係とできる。

「顔見知りであったゆえに対応をした」

馬場三郎左衛門は松平伊豆守の家臣と信じていたし、それだけの理由があったとの言い逃れが効く。

どちらにしても都合がいい。

だからこそ、松平伊豆守は家臣を長崎まで向かわせて、馬場三郎左衛門と直接交渉を試みたのであった。

その家臣が帰ってこない。

「牢人どもに討たれたか」

「馬場三郎左衛門によって謀殺されたか」

松平伊豆守が悩むのも当たり前であった。

「……斎を使う」

思案の結果、松平伊豆守は弦ノ丞を使者の代わりに使うことにした。

「松浦肥前守を通じれば、当家の名前は出ぬ」

弦ノ丞は松浦家の家臣で、藩命で長崎へ出向いている。藩からの連絡や指示があっても不思議ではない。

「先日、顔を合わせたばかりだが、まあ、よかろう」

松平伊豆守を始めとする家光の寵臣にとって、大名は駒であった。

「次の登城日は……」

屋敷へ呼びつけるのは目立つ。

老中の屋敷には、毎日陳情をする者が行列をなしている。そんなところに外様の小名が徴されてきましたとなれば、皆が注目する。

月次御礼《つきなみおれい》まで数日待たなければならないが、江戸城へ来た松浦肥前守を御用部屋前まで呼び出すのは、簡単であった。

言うまでもなく、城中に他人目《ひとめ》は多く、密《ひそ》かにとはいかなかった。

「伊豆守さまが肥前守どのをお召しになった」

これだけでも十分噂《うわさ》になる。ただ幸いなのは、他人目を気にしていないということで、さほど重要な問題ではないと周囲が受け取ってくれる。

「書状を渡すだけなら、さほどの手間でもなし」

老中首座松平伊豆守から届けるようにと差し出された書状を、松浦肥前守が拒むことはありえなかった。

「なにが……」

中身を確認することもできない。松浦肥前守はただ受け取って、言われたとおりにすることしかできなかった。

「まったく、馬場三郎左衛門も気が利かぬ。公用荷物として送るくらいのことをせぬとは……使えぬのか、それともまだ余と大炊頭を天秤《てんびん》にかけているのか……それならば不要である。長崎奉行の代わりはいくらでもいる」

松平伊豆守が馬場三郎左衛門の価値を一段下げた。

二

イギリスの船は、台湾《タイオワン》を出た後、琉球で補給と休息をおこなっていた。

「将軍と交渉するためには、堂々と長崎へ船を着けるべきだ」

正々堂々の手法を執るべきだという意見を出す者もいた。

「葡萄牙《ポルトガル》の失策を我が国が繰り返すわけにはいかぬ」

寛永十七年（一六四〇）、マカオを出発したポルトガルの船団が長崎へ来航、交易の再開を求めた。

「しばし待て」

長崎奉行に就任して一年に満たなかった馬場三郎左衛門は、すぐに早馬を仕立てて江戸へと状況を報《しら》せて、対応を問うた。

「葡萄牙の来航は禁じている。船を焼き払い、異人どもを処刑せよ」

幕府は冷酷な判断を下した。

「承知　仕《つかまつ》った」

さすがに島原の乱を後ろで操っていたとは思わないが、それでもカトリックの布教をおこなったことで信者が謀反を起こしたには違いない。最前線へ出て、何人ものキリシタンを槍《やり》の錆《さび》にしてきた馬場三郎左衛門にしてみれば、ポルトガルは同情すべき相手ではなかった。

「御上《おかみ》のご裁断である」

長崎奉行所の役人、黒田藩、鍋島藩の長崎警固《けいご》役に命じて、馬場三郎左衛門はポルトガル人十四人を含む六十一人を惨殺させた。

「長崎はまずかろう」

旗艦艦長が決断、イギリス船は風待ちをした後、目立たないように大回りをして、平戸へと向かうことになった。

イギリスは平戸にあった商館を一度閉鎖していた。

「儲《もう》からない」

いくら松浦家が交易に重きを置いているとはいえ、六万石程度では十全に取引できるだけの金がなかったのだ。

その後イギリスが出た後をオランダが受け継ぎ、莫大《ばくだい》な利益を生み出すほどではないが、十分な実績をあげた。

「戦が終わったからだ」

世界に船を出しているイギリスである。その差をすぐに理解した。

明日どうなるかわからない乱世では、生活必需品ではなく趣味や観賞用の唐物《からもの》はどうしても後回しになる。

しかし、世のなかが泰平になると話は変わった。

「米がある」

食べていくのに不足を来す、あるいは不安を抱《いだ》くことがなくなったことで、人は心と財布に余裕を持った。

「金ならある」

米や衣服を賄った後に余った金を人は贅沢《ぜいたく》なものへと回す。その最たるものが異国から持ちこまれる珍品であった。

人は他人《ひと》との区別をつけたい。悪い言いかたをすれば、他人と自分の格付け、位置づけと言ったほうがわかりやすい。それをしたいのだ。

「儂《わし》のほうが金を持っている」

これは非常にわかりやすい。値段の高いものを購入して見せびらかせばすむ。まさに唐物の面目躍如である。

「金では勝てぬが……ものを見分ける力は儂のほうが上じゃ」

これも一つの位置づけであった。

「珍品でござろう」

値は張らずとも珍しいもの、あるいは特徴のあるものを手に入れて自慢をする。これにも数の少ない唐物は最適であった。

こうして泰平とともに唐物の需要は増えた。

当然、そうなれば唐物の争奪戦が起こる。

結果、唐物であればなんでもいいという風潮が蔓延《まんえん》し、あっという間に値段が高騰した。

「はやまったか」

平戸から撤退したイギリスがほぞを噛《か》んだ。

もちろん、長崎での交易は続けている。それなりの儲けもある。だが、一カ所と二カ所では話が違う。

運んでくる唐物の量は船の数によるので、寄港地が何カ所あろうが関係ないが、日本で購入するものに差が出た。

「これくらいはいただかないと」

一カ所で購入するというのは、比べることができないということでもあった。

「高すぎる」

「では、少し値を下げさせていただきますが、これ以上は無理でございます。さらにと仰せならば、わたくしどもは手を引かせていただきまする」

苦情を言ったところで扱いがそこしかなければ、交渉など不可能である。言い値で買うしかない。

しかし、もう一カ所でも交易の場があれば、

「ならば結構」

強気の相手を排除できる。

「少しお待ちを。お値段については考えますので」

相手が折れてくる。

商いは売り買いが成立して初めて利が生まれる。

「売りません」

強気に出たところで、蔵に商品が積みあがるだけ、ものによっては傷んでしまい価値がなくなることもある。

とはいえ、今のイギリスは長崎へ寄港することはできなかった。

「長崎奉行は融通が利かぬ」

ポルトガルへの仕打ちを見れば、イギリスが長崎へ入った途端にどうなるかはわかっている。

「長崎奉行の目が届かぬところを」

「いきなり攻撃をしてこぬところを」

イギリスは平戸を狙っていた。

平戸にはイギリスと親しい商人も残っているし、かつて交流のあった平戸藩の重職も

いる。

少なくとも話くらいはできる。

「油断はできぬが」

織田信長のころから、日本という国とつきあってきたのだ。イギリスは日本という国も、大名というものがどういった性質を持っているかも、よくわかっている。

交易の利は大きい。しかもその利は売るほう買うほうのどちらにも入る。

「倭《わ》が国を閉じた」

台湾を実質的に支配しているイギリスは不満を感じていた。

「なんのために万里の波頭を越えてきたのだ」

ポルトガルも市場を失うことに憤っていた。

「我慢ならぬ。長崎は我らが地であるぞ」

なかでもイスパニアは腹立ちを隠せなかった。

今までイギリス、ポルトガル、イスパニアは外洋航海に挑み、アフリカ、インド、ジャカルタ、清、台湾を支配下に置くなり、大きな影響力を及ぼしてきた。

その勢いをかって日本もと考えていたところに、鎖国であった。

「禁教にするなど論外である」

とくにカトリックを未開の地に布教しようと使命感に燃えている教会と密着している

イスパニアの怒りは強かった。

「戦を仕掛けるか」

「それはならぬ」

交易の利をむさぼりたい商人の考えは、意外なことにカトリックの司祭から止められた。

「勝負にならぬ」

長く滞在し、九州から畿内、さらには奥州にまで布教の手を伸ばしたイエズス会の宣教師は、日本の戦力をよく理解していた。

「あの国は戦狂いだ。あやつら鉄炮《てっぽう》をどれだけ持っておるかを知っているか」

イエズス会の宣教師がイスパニア東方総督に問うた。

「三千か、五千はないだろう」

鉄炮もヨーロッパから持ちこまれた文明の利器である。高価であるうえ、海路はるばる運ばれてくるのだ。イスパニア東方総督が下に見積もったのは当然であった。

「三十万丁であるぞ」

「馬鹿なことを言われるな。我が国にある鉄炮をすべて合わせても一万ほどだというに、東方の小国がそれだけの数を持てるはずは……」

反論しかけたイスパニア東方総督が、イエズス会の宣教師の表情に気づいて、語気が弱くなった。

「ある」

はっきりとイエズス会の宣教師が断言した。

「……話にならぬ」

イスパニア東方総督が首を横に振った。

世界一の航海術を誇るとはいえ、本国から日本まで兵を送り続けることは難しい。ならば中継地であるフィリピンで兵をといっても、植民地として支配している現地の者は戦意が低い。だからといって鉄炮などの武器などを与えれば、叛乱《はんらん》を起こされかねない。

「辛抱するしかない」

「新たな地を探すほうがよいと思いますぞ」

ため息を吐《つ》いたイスパニア東方総督を、イエズス会の宣教師が慰めた。

イスパニアと国境を接するだけに考え方も条件も近いポルトガルもそれに同意した。

「損が大きすぎる」

交易の利が大きいというのは、それだけ航海が難しいからである。遠いところから運ばれてくるから、危険な輸送路を越えてくるからこそ、商品の価格は吊《つ》りあがる。

たしかに東洋の果て日本との交易は魅力的であった。

また、キリスト教の洗礼を受けていない地域での布教はおこなうだけの価値があった。

しかし、それも到着した地が安全、友好的であればこその話であった。

「出ていけ」

「二度と来るな」

拒絶だけならまだしも、

「討ち払え」

鉄炮を撃ちかけ、小舟で押し寄せて斬りこんでくる。それがまた国の誇る騎士よりも強いときている。

「死に狂え」

日本の武士は、命を惜しまない。腕を斬られたら、足で蹴り、足もやられたならば歯で嚙みつく。

そんな連中を相手にするのが、無事に国へ帰って交易の利を得たい商人か、名前を挙げて地位を上げたい騎士なのだ。

「死んだら元も子もありません」

「やってられるか」

端《はな》から気概が違う。

いろいろな国を武力で支配して東洋まで手を伸ばしたイスパニア、ポルトガルが日本という市場を捨てた。

「好機」

イギリスは、それを知ってよりやる気を増した。

「平戸に行けば、顔見知りもいる。どうにかなるだろう」

かつて商館があっただけに、平戸はイギリス人に慣れている。通詞《つうじ》もそれなりの数がいた。意思の疎通にことかかないことほど、交易に役立つ。

「松浦もきっと我らを待っているはずだ」

平戸藩松浦家とオランダやイギリスは、いろいろと齟齬《そご》もあったが、基本はうまく付き合ってきた。

イギリスの頼みとあれば、さほど無下にもされまいとイギリス東方総督は考えた。

島原の乱を抑えきれなかった徳川幕府にイギリス東方総督は弱体化を見た。

「将軍が強ければ従い、弱ければ無視する」

徳川が幕府を開く前にいた室町《むろまち》将軍が、どこの大名からも尊敬されていないことをイギリスはわかっていた。

それが徳川家康の天下になると、皆一斉に頭《こうべ》を垂れた。

力ある者に従う。これが日本人の本質だとイギリスは見抜いている。

「家康将軍も秀忠将軍も死んだ」

日本の動向は台湾にも聞こえてくる。

「……………」

一人交易を独占しているオランダは、日本がどうなっているかを黙して語らないが、清は正反対である。

「将軍が替わって、キリシタンの反乱がありました。しかも鎮圧に十万を超える兵を動員していながら半年かかっておりました」

「カトリック殉教の戦いとは知っていたが……十万を超える兵と戦ったか」

清の情報にイギリスは驚いた。

「弱くなったと考えるべきではないか」

「であるな」

イギリスのなかで徳川幕府の弱体化が話されるようになった。

「これならば、大名たちの離反もある」

好機との考えもイギリス東方総督の野心を煽《あお》った。

「ポルトガルの船を焼き討った」

そこへ長崎での強硬な態度が聞こえてきた。

「よほど徳川幕府も我々のことを気にしていると見える」

「それだけ追い詰められているのだろう」

人は余裕があれば寛容になる。多少のことならば見逃すこともある。たとえて言えば、満腹の獅子《しし》と同じ。腹一杯の獅子は、目の前に兎《うさぎ》がいても襲わない。

だが、余裕がなくなれば話が変わってくる。

一罰百戒とばかりに厳罰を下す。

やがて一罰ではなくなり、百罰になっていく。

「好機」

そう考えたイギリスは平戸へと舳先《へさき》を向けた。

なにより平戸は逃げやすい。

万一、松浦家がイギリスを受け入れなかった場合、最悪幕府に売った場合でも、小さな島々を抱える平戸の海は身を隠すのに十分であり、少しときを稼いで潮の流れを読めばそのまま朝鮮や清へと繋《つな》がる海に出ていける。

かつてはこのあたりの海を支配した水軍の長であった松浦家も、幕府から外洋にも耐えられる大型船の建造、保有を禁じられてしまえば駿馬《しゅんめ》ではなくなり、駄馬も同然。

本国から東洋まで航海してきた技術、装備を誇るイギリスなら、十分に戦えるし、逃げられる。

「暗礁の場所を清に問いただせ」

小島が多いところは暗礁と不意に遭遇することがある。

暗礁に乗り上げれば、まず船は助からない。積み荷すべてと船員の命も多く失われる。

なにより救命筏《いかだ》で脱出しても、助けを求めるところが日本になる。

そうなれば、全員首が飛ぶ。

「死にたくなければ、しっかりと準備をしろ」

艦長が船員たちに警告を発した。


長崎にはオランダと清の商人、人夫が住んでいた。

といったところで、オランダ人は出島、清人は決められた区画内での居住が義務づけられており、気ままに出歩いていいわけではない。

とはいえ、絶対にだめというわけでもなく、オランダ人は幕府の監視を引き連れていれば、清人は徒党を組んでいなければ、多少の外出は認められていた。

「取引をお願いしたい」

オランダ人も清人も一目でわかる異装を身につけている。

それぞれが町中に入るか入らないかの段階で、目ざとい者に声をかけられていた。

「会所を通じない交渉は禁じられておる」

幕府から委託を受けて同行している通詞が、近づいてきた商人を遮った。

通詞とはオランダ語、あるいは清語など異国の言葉を修めている者のことで、その多くは幕府から扶持米をもらっている。身分としては武士に及ばず、足軽よりも下、中間、小者と同等扱いをされていた。

幕府から扶持米をもらっている関係上、オランダ人や清人の監視もその任であった。とはいえ、幕府からもらえる扶持米は少ない。技能や経験で上下するといったところでせいぜい五人扶持、通詞の取りまとめ役である大通詞にでもならなければ、十人扶持には届かない。

一人扶持は一日玄米五合の現物支給で、およそ一年で二石弱にしかならない。家族でもいれば食べていくことさえ厳しい。

「合力しましょうか」

そんな生活苦の通詞たちに手を差し伸べた、いや、目をつけたのが会所であった。

会所は正式なものではなく、古くから長崎で唐物商売をおこなっていた商人が、平戸の閉鎖に伴って流入してきた余所者《よそもの》に対抗するために立ちあげたものであった。

既得権益を守るためのものであったが、その力は大きかった。

「よしなに」

「わずかばかりでございますが」

会所に属している商人は、長く長崎で商いをしている。当然、長崎の地方役人でもある長崎奉行所の与力、同心との付き合いも深い。

なかには与力や同心の娘を妻としている者、次男以下の息子を同心の養子として役人にした者もいる。

「すまぬな」

「なにかあれば遠慮なく言ってくれ」

役人たちも気を遣う。

「平戸から参りました。どうぞ、これからよろしくお願いをいたしまする」

新しく長崎へ来た商人が多少の挨拶をしたところで、

「うむ」

「考えておく」

対応は塩を撒《ま》かれないだけで、氷のような冷たいものであった。

「御上が認めたものではないはず」

会所を力なき商人たちの集まりと軽視していた者も、やがて気づく。

「お仲間に入れていただきたく」

長崎で商売をと考えている商人たちが、会所へ加入したがるようになるのに、ときはかからなかった。

「なにとぞ」

その一人が大久保屋藤左衛門であった。

「考えておきましょう」

「皆の意見を聞かねばなりませぬので、すぐにはお返事できませぬ」

「加入を申し込まれる方が多く、順番に対応をいたしておりますれば、しばしお待ちを」

表向きは愛想よくしているが、端から入れるつもりなどない。

かつてはイギリス、イスパニア、ポルトガルを加えて交易を盛んにおこなってきた長崎が、今やオランダと清だけになっている。

いわば長崎は盛りの少なくなった飯なのだ。当初山盛りだった飯を皆でわけて食べていた。それでも十分に腹は満ちた。

その飯の盛りが半分以下になってしまった。

こうなると今まで食っていた面々だけでも腹一杯にはならなくなる。そこへ「食い扶持を寄越《よこ》せ」と割りこんできた余所者が群がってきている。

「どうぞ」

そんな連中に分け前を差し出したら、たちまち昔からの者が飢《かつ》えてしまう。

かといって強硬に拒絶すると、

「ならば我らで」

新参者とはいえ固まれば、一つの力になる。

「これからよろしくお願いいたしまする」

一人が出せる程度の金ならば、今までの付き合いが勝っても、二十、三十とまとまれば、人を揺るがすだけの金額になる。

「あまり独占するのもよくないぞ」

「少しくらい気を遣ってやってもよいのではないか」

長崎奉行所の役人たちが勧めてくる。

「とんでもない」

拒絶すれば、役人の面目を潰すことになる。

「少しだけ」

端数のような取引だけでも認めれば、堤防に蟻《あり》の一穴になって、いずれ秩序は崩れ去る。

「何々屋さん、会所へお入りになりますか」

そうならないよう、新参者が一つにならないよう、ときどき一人、二人を迎え入れる。

「なぜあやつが」

「次こそ、儂が」

誰一人として受け入れていないならば敵対もできるが、数年に一人でも加入するのを見れば、結束は破れる。それどころか、

「あの店は金繰りが危ないようで」

「抜け荷をしているという噂《うわさ》が」

同じ新参の仲間の足を引っ張る。

会所の罠に皆はまっている。

「お願いしますよ」

それだけで満足しているとどこかで破れが出る。

「取引には通詞を同席させよ」

命令ではないが、長崎奉行からの通達が出ている。扶持米をくれている者が同席することで、陰での遣《や》り取り、禁制品の売り買いなどを見張るためであった。

「……これを」

それは会所に加わっている商人もわかっている。長崎で交易をおこなっている商人のなかには、オランダ語や清の言葉を自在に操る者もいる。通詞なしでも取引は十分に成り立つのだが、長崎奉行の指示に逆らうのはよくない結果にしかならない。

ならば通詞を取りこんでしまえとなるのは、商人として当たり前の考えである。

とはいえ、いつ密告されるかわからない。危ない取引には手を出さず、合法なものを繰り返す。それだけで儲かるのだ。

つまり町中で不意にオランダ人や清人に声をかけるのは、新参の商人の証《あかし》であった。

「近づかれませぬよう」

通詞が邪魔をする。

「そこをなんとか」

「長崎奉行所へお名前を伝えますが」

「……またの機会に」

馬場三郎左衛門が厳しいことは知られている。あわてて新参の商人が離れていった。

「相変わらずだね」

会所の商人があきれた。

「まだましでございますよ。ひどいのは家まで押し寄せて、金をやるから和蘭陀人との仲を取り持てと言ってきますので」

通詞が会所の商人を見た。

「……わかってますよ」

暗にもう少し金をくれと要求している通詞に会所の商人が苦笑した。

「お気遣いありがたく」

遠慮することなく、通詞が受け取ると応えた。

「そういえば、先日からうるさく会所に入れろと言ってきた、ええと大久保屋さんでしたっけ、はどうです」

思い出したと会所の商人が通詞に問うた。

「そういえば、最近見ませんなあ」

通詞も首をかしげた。

「かなり出遅れてましたからね、焦っているのはわかりますが……」

平戸で手広くやっていただけに、大久保屋は店の後始末に手間取って、長崎への移住が遅れていた。そのため、店の場所もいいところは取れなかったし、通詞などへの伝手《つて》もうまく作れず、苦労していた。

そのぶん、無理をしたため、会所の商人や通詞の記憶に、大久保屋藤左衛門は残っていた。

「まあ、おとなしくなってくれるぶんには、ありがたいですな」

「まことに」

会所の商人と通詞が嗤《わら》った。

三

牢人者に襲われるという予定外のことがあり、大久保屋藤左衛門の計画は遅れていた。

大久保屋藤左衛門は牢人騒動の後、十日ほどおとなしくしていた。

「なぜ、牢人がそなたの店を狙った」

馬場三郎左衛門の詰問があったからであった。

「さすがにそれはわかりませぬ」

「襲うにしても、もう少し便利なところとか、他人目に付かぬところとか、さらなる大《おお》店《だな》とかがあるのに、さほど大きくもなく、他人通りもあるそなたの店を選ぶ理由があるはずだ」

首を横に振った大久保屋藤左衛門を、馬場三郎左衛門が追及した。

「それについては牢人者に問うていただくしか」

「訊《き》きたいが、死んでしまっておるではないか」

「そちらについては、松浦さまの辻番衆《つじばんしゅう》がなされたことでございますれば……」

馬場三郎左衛門の不満を、大久保屋藤左衛門が弦ノ丞たちへなすりつけた。

「さようか。ところで大久保屋」

「はい、なにか」

話を切り替えた馬場三郎左衛門に、大久保屋藤左衛門が応じた。

「牢人どもを討ち果たしたのが、平戸藩辻番だというのはわかった。だが、その前に気になることがある」

「お気に障ることでもございましょうや」

馬場三郎左衛門の言葉に、大久保屋藤左衛門が首をかしげた。

「牢人どもが、そなたの店を襲うとなぜわかった」

「それはじっと物陰から窺《うかが》っておりましたので」

問われた大久保屋藤左衛門が述べた。

「直接そなたが確かめたんだな」

「いえ、当家の番頭が気づきまして」

さらに突っこんできた馬場三郎左衛門に、大久保屋藤左衛門が告げた。

「番頭を呼べ」

「……ただちに」

命じられた大久保屋藤左衛門が、腰をあげて長崎奉行所から店へ戻ろうとした。

「待て。そなたはそこにおれ。こちらから使いを出す」

馬場三郎左衛門が大久保屋藤左衛門を制した。

「……お手数をおかけせずとも」

大久保屋藤左衛門が首を左右に振った。

「御用である。気にするな。由利《ゆり》」

「はっ」

廊下に控えていた由利が立ちあがった。

「ときがもったいない。連れてくる間も話をしておけ」

「承知いたしましてございまする」

指示を受けた由利が首肯した。

「…………」

無言で大久保屋藤左衛門が由利を見送った。

「大久保屋」

「はい」

由利を見送った馬場三郎左衛門が大久保屋藤左衛門へ顔を向けた。

「他にもなぜ奉行所ではなく、辻番へ先に報せた」

馬場三郎左衛門が新たな質問をした。

「ご無礼ながら、当店からでは三宝寺さまが近く。決してお奉行所さまを軽く見たわけではございません」

地理的な要因だと、大久保屋藤左衛門が恐縮して見せた。

「…………」

事実だけに馬場三郎左衛門もそれ以上追及できなかった。

「事後の報告が遅かったのではないか」

「辻番さまがご報告をなさることだと、思いこんでおりました」

続けての詰問にも大久保屋藤左衛門は知らなかったと返した。

「あったことをくわしく申せ」

「あまり血なまぐさいのは苦手でございまして……」

見ていないと大久保屋藤左衛門が逃げた。

「店の被害はどうじゃ」

「すでにお奉行所のお役人さまには、ご報告をさせていただきました」

「余が聞きたいと言っておる」

大久保屋藤左衛門の抗議を馬場三郎左衛門が一蹴した。

「はい。幸い、金銭物品の被害はございませんでした。表戸が二枚破損いたしましたのと、店先の土間と敷物が血で汚れたくらいでございまする」

「修復にはいくらくらいかかる」

「……おおまかにではございますが、金六両ほどかと」

「そなたの店にしては大したものではないな」

「とんでもございません。六両稼ごうと思えば、かなり面倒でございまする。とくに今は会所にも入れてもらえず、商いが成り立っておりません。丸損で」

あっさりと口にした馬場三郎左衛門に、大久保屋藤左衛門が渋い顔を見せた。

「まあよいわ」

武士は金儲けを汚いものとして避ける。馬場三郎左衛門が手を振った。

「殿、召し連れましてございまする」

そこへ由利が番頭を連れて戻ってきた。

「ご苦労。で、話はどうだ」

「別段おかしなところはないかと」

確かめた馬場三郎左衛門に由利がなにも怪しいものはでなかったと応えた。

「そうか。ならばこれまでとしよう」

番頭を呼び出しておきながら、なにも訊かずに馬場三郎左衛門が聴取の終了を宣した。

「では、わたくしどもはこれで失礼を」

すぐに大久保屋藤左衛門が、番頭を連れて去った。

「よろしゅうございましたので」

由利が放免をしてよかったのかと尋ねた。

「番頭が他で話を訊かれているとなれば、少しは動揺するかと思ったが、あやつ一筋縄ではいかぬ。これからも気をつけておけ」

「承知いたしましてございまする」

馬場三郎左衛門の指図に由利が頭を垂れた。

松浦肥前守重信は不満を抱えていた。

「家臣を荷運びに使うとは無礼な」

怒り心頭に発すという様子で、江戸城から下城してきた松浦肥前守が吐き捨てた。

「わざわざ呼び出すからなにかと思えば……先日の話し合いからまだ十日ほどだというのに……」

大名を城中で呼び出す。

これは重い行為であった。

「咎めを言い渡す」

さすがに大目付ではないので、老中の呼び出しでいきなり咎め立てを喰《く》らうことはないが、目立つ。

「松浦肥前守どのが、老中首座松平伊豆守さまに呼ばれた」

「老中首座松平伊豆守さまが、松浦肥前守どのに何用でござろう」

松浦肥前守が登城したときに詰める殿中席の柳の間は、外様大名のたまり場でもある。出世とは縁遠く、登城したところですることもない。するといえば、せいぜいが噂話をかわす程度。

「松平伊豆守さまがお召しでございまする」

そんなところへ御用部屋坊主が来て、松浦肥前守を呼び出すのだ。

周囲が物見高い目で見るだけではなく、ひそひそ話の対象にもなる。

「大膳、わかるか。松平伊豆守が狙い」

松浦肥前守が滝川大膳に問うた。

「殿を自陣に入れたと見せつけたいのでございましょう」

滝川大膳がしっかりと松平伊豆守の考えを見抜いていた。

「そうじゃ。柳の間の連中は、余が出ていくときにこう申しおったわ。肥前守どのも帝《てい》鑑《かん》の間へ行かれたいのであろうとな」

苛《いら》立《だ》ちを松浦肥前守が口にした。

帝鑑の間は、関ヶ原の合戦以前から徳川家に付随していた大名たちが詰める殿中席であった。ここに席のあるものを譜代大名と称し、若年寄を始めとする役職に就くことができた。出世したい大名にとっては必須の場所であった。またここに移動すれば、外様でも譜代格となり、改易などの罰を受けにくくなる。

まさに外様大名願望の場所であった。

「役人などなりたくもない。ましてやあの伊豆守の下《もと》でなぞ、御免被る」

松浦肥前守が腹に据えかねると言った。

「殿、お平らになされませ」

滝川大膳が松浦肥前守を宥めた。

「ふうう」

松浦肥前守が大きく息を吐いた。

「落ち着かれましたか」

「……無理じゃ」

尋ねた滝川大膳に松浦肥前守が、まだ収まらないと返した。

「あやつは、呼び出しておきながら、余を、余を待たせたのだぞ。それも前回より長い半刻《はんとき》（約一時間）以上もだ」

執政は多忙であり、呼び出した配下を一区切り付くまで待たせるのは当たり前のこととして受け入れられている。

それでもこちらから面会を願ったときよりも長いというのはあからさまであり、松浦肥前守が怒るのも無理はなかった。

「嫌がらせでございますな」

滝川大膳も不快を口調に出した。

「いつまでも斎を寄越さぬからだろうが、する相手をまちがえているだろうが。嫌がらせをしたいのなら、馬場にすべきだろう」

二人の権力者に挟まれることになった松浦肥前守が、不満を述べた。

「仰せの通りではございます。ではございましょうが……。湯茶が冷めてしまいまする。どうぞ、一口でも」

なんとか松浦肥前守を穏やかにしようと、滝川大膳が茶を勧めた。

「……いっそのこと、土井大炊頭に付いてやろうか」

「殿。それはなりませぬ」

茶で口を湿した松浦肥前守の言葉を、滝川大膳が慌てて遮った。

「皆まで言うな。わかっておるわ。余の肩には家臣たちが乗っておることを忘れたことはない」

松浦肥前守が手を振った。

「では……」

念のためにと滝川大膳が対応を訊いた。

「いかがいたしましょう」

「強硬に江戸へ来るように命じよ。主家の指示を無視するなど一人の藩士にこだわっていると取られても当然じゃ、長崎奉行も頼っていると思われたくはあるまい。なにより他家の臣に逗留《とうりゅう》を強要するなど、表だって抗議されては馬場の評判は堕《お》ちよう。まあ、松平伊豆守に敵対した段階で、もう終わっているのだが」

松浦肥前守が馬場三郎左衛門の求めを無視してよいと告げた。

第四章　御用船の威

一

松浦肥前守は、完成目前の城を、徳川家への配慮から焼き捨てるだけの思慮と思い切りの良さを見せた曽祖父松浦肥前守鎮信《しげのぶ》の素質を濃く受け継いできた。

さらにタイオワンの一件を起こして、松浦家に危機を招いた父隆信の二の舞とならぬよう勉学に励み、オランダ商館を失った平戸の建て直しを図るだけの能力を持っていた。

「御老中首座さまのお召しを長崎奉行どのが差し止めるのは、いささか僭越《せんえつ》が過ぎるのではないかと危惧いたしております」

呼び出されたとき、その用件に憤りながらも言うことは言った。

「危惧の……たしかに。執政がたかが遠国奉行《おんごくぶぎょう》より格上だと思い知らせねばなるまい」

松平伊豆守が話に乗った。

「何かよい手はあるか。余は忙しい、かかわっている暇《いとま》はないぞ」

それでも自ら動く気はない。

「わたくしめにお任せくださいませ」

「ほう、前回は長崎奉行へ逆らうことを嫌がったはずだが……」

冷たい目を松平伊豆守が向けてきた。

「それは今でもございまする。なので、お力をお借りいたしたく存じまする」

「余の力……馬場三郎左衛門へ手紙でも書けと」

松平伊豆守の口調も険しくなった。

「とんでもございませぬ。お忙しい老中首座さまにお手数をおかけするなど」

松浦肥前守が手を振って否定した。

「ではなんだ」

「御用船の旗印をお借りいたしたく」

問うた松平伊豆守に松浦肥前守が願った。

「……御用船の旗印か」

松平伊豆守が腕を組んで思案し始めた。

御用船とは幕府の公式な船であるという証《あかし》であり、日本の国内であればどこの湊《みなと》にでも入ることが出来、水や食料などの補給も優先される。

「長崎の湊に入る前に掲げさせていただき、出港いたしましたら、すみやかに下ろしまする」

使いどころは限定すると、松浦肥前守が述べた。

「馬場三郎左衛門への脅しか」

「それと、どちらに与《くみ》するかの試金石に……」

確認された松浦肥前守が、馬場三郎左衛門が松平伊豆守に従うのか、それとも土井大炊頭に固執するのかを見極める道具にもと付け加えた。

「僭越であるぞ。控えよ」

松平伊豆守が松浦肥前守に険しい声をぶつけた。

「申しわけもございませぬ」

大慌てで松浦肥前守が平伏して詫《わ》びた。

「…………」

小声での遣《や》り取りから、一気の怒声である。

たちまち御用部屋前の廊下にいた他の者たちの注目が集まった。

御用部屋坊主など、興味津々と露骨に聞き耳を立てている。

城内の出来事を事実、噂《うわさ》のかかわりなく、あちこちに売り歩くこともお城坊主たちの余得である。

執政筆頭が外様《とざま》大名を怒鳴りつけたなど、格好の売りものになる。

「言葉に気をつけろ」

「ははっ」

もちろん松浦肥前守の考えなど松平伊豆守にはわかっている。こうして注目を集めることで、松浦肥前守は松平伊豆守のもとに膝を屈した、すなわち家光の味方であるということを江戸城内に見せつけたのであった。

「用件はわかった。明日にでも届けさせる」

「かたじけのうございまする」

松浦肥前守が松平伊豆守により一層深く頭《こうべ》を垂れた。

御用船の船印は、幕府船手《ふなて》奉行《ぶぎょう》である向井将監《むかいしょうげん》が預かっている。

「くれぐれも慎重に」

その日の夕方には、向井将監の手によって松浦肥前守の屋敷に桐箱《きりばこ》に入った御用船の旗印が届けられた。

その旗を持った三人の使者が江戸から、早馬で出発した。

東海道を関所だけに従い、後は宿場で馬を乗り換えての強行軍であった。

「これを」

「預かって候」

大坂湾で待っていた平戸藩の藩船に御用船の旗印が届いたのは、江戸を出てから五日後のことであった。

「お休みあれ」

使者から松浦肥前守の手紙も預けられた大坂蔵屋敷の留守居役が、ここからは使者となった。五日も馬を駆け続けてきた藩士三人の内臓は揺れで疲弊しており、とても船旅に耐えられないからであった。

「帆を揚げよ。風を受けるぞ」

藩船が船頭の命で、瀬戸内海から馬関《ばかん》海峡を越えて平戸に向けて出港した。

松浦家の藩船は、驚異的な速度で海を走り、大坂からわずか三日で平戸の湊へと入った。

「国家老さまに肥前守さまからの書状でございまする」

いかに早船とはいえ、国元の湊に入りながら補給だけすまして、即座に出港ということはできなかった。

「…………」

藩主の指示とわかっているから、表だって不服は申し立てないだろうが、心のなかに不満は澱《おり》のように溜《た》まる。

藩主と国家老の不仲がもとで潰されたり、転封、減封された大名は多い。会津の加藤家、四国松山の蒲生《がもう》家、山形の最上家と枚挙に暇がないほどである。

「殿のご意向承った」

松浦肥前守からの説明を読んだ国家老たち、組頭たちが納得した。

さすがに藩の中枢を担うだけに、家臣を老中が手足のように使うことへの不満は表に出さなかった。

「どうする。斎の格を上げておくほうがよいのではないか」

国家老の一人が口を開いた。

「そうよな。他家に出入りすることになるのだ。格が低ければ侮られることもあろう。ましてや相手は老中首座松平伊豆守さまの御家中でもあるしな」

主《あるじ》の権益を吾《わ》がものと考える愚かな家臣はどこにでもいる。他家の者を己《おの》が家臣のごとくにこき使ったり、あしらったりするのだ。

「武士は恥を知るもの」

辱めを受けたら、相手を討ち果たし、その場で切腹して名誉を守るのが武士としての義務と思っている者は多い。

「相手が悪すぎる」

松平伊豆守は三代将軍家光の信頼厚い重臣、寵臣《ちょうしん》である。その寵臣が家中の者のしつけさえできていないと天下に知られることになる。

それは家光の名前にも傷を付ける。それは避けなければならない。たとえ原因がこちらにあっても、無理でも責任を派遣された他家の臣に押しつける。よくてなにもなかったことにされる。

そして、それができるだけの力を松平伊豆守は持っていた。

「馬鹿をしでかすのは、家老、用人《ようにん》格以下の者がほとんど」

さすがに政に多忙な松平伊豆守に代わって藩を預かるほどの重職にそのようなまねをするような浅はかな者はいない。

主に碌《ろく》でもないことをするのは、不満を抱えている下級の者であった。

「今の斎はどれくらいであった」

「物頭格長崎警固《けいご》準備の調べ役頭だったかと」

国家老の問いに用人が答えた。

「そこそこだな。だが足りぬ」

「用人格にでもするか」

「それでは一気に過ぎるぞ」

用人は家老に次ぐ権力を持つ。家中でもかなりの名門で有能な者が、十年以上にわたって研鑽《けんさん》を積み、そこで図抜けて初めて登用された。

よほど家柄に不足でもない限り、用人を経験した者は家老になる。

「斎はもとはたしか馬廻《うままわ》り格辻番《つじばん》であったな」

「そこから辻番頭、そして長崎警固準備の調べ役頭か。順調な出世だが……いささか」

「低いな」

家中では名門とまでは見なされない。

「江戸家老滝川大膳どのが姪御《めいご》を与えたとか」

「うむ。すでに嫡子も出来、妻子とも江戸から平戸へ来ておる」

「どうだろう、滝川どのの一門ということにしては」

「ふむ」

滝川大膳は、松浦家のなかで群を抜いた名だたる家柄であった。

かつて織田信長のもとで一手の将として活躍、一時は上野《こうずけ》一国に信濃《しなの》二郡を支配する国持大名となった滝川一益《かずます》が、大膳の先祖なのだ。

当然、代々の藩主も滝川家には気を遣っていた。

「それならば、家中の不満も出まい」

いかに功績があっても、家格が低いと嫉妬されやすい。急な出世をしたことで足を引っ張られて沈んだ者は数知れない。

「ならば、江戸へ着いた段階で斎を用人格留守居役といたそう。よろしいな」

「よろしかろう。江戸表へ通達は本人に持たせればよいだろう」

国家老たちの打ち合わせが終わった。

「よし、では、主水《もんど》」

「なにか」

国家老から声をかけられた用人、榊《さかき》主水が姿勢を正した。

「そなたが長崎奉行への使者となれ。田中野《たなかの》は交渉ごとに慣れておるし、大坂城代さまや大坂町奉行さまとの遣り取りも経験している。馬場三郎左衛門さまの相手も存分にできようが……大坂蔵屋敷留守居役は、留守居役のなかでも下だからな」

やはり格不足だと国家老は判断したのであった。

「承知いたしましてございまする」

榊主水が、大坂蔵屋敷留守居役の田中野から、藩主松浦肥前守の書状と松平伊豆守から弦ノ丞へ宛てた書状を受け取った。

「急げ」

国家老が榊主水を急《せ》かした。

二

大久保屋を牢人《ろうにん》が襲った。

これだけならば、さほど大きな問題にはならなかった。

島原の乱の残党、戦後行き場を失った牢人による商家や豪農、旅人の襲撃事件は、それこそ毎日のように長崎の付近で起こっていたからであった。

では、なにが問題なのかといえば、大久保屋の手代基輔と元三郎の戦果にあった。

もとは牢人、その前を突き詰めれば武士であったとはいえ、今は商家の奉公人にすぎないのだ。町人が牢人をやむを得ない防衛のためとはいえ数名仕留めたとなると、長崎奉行も放ってはおけなくなる。

牢人は武士ではない。これは主君を持って初めて武士、侍《さぶら》うものとなる。恩と奉公に基づいた決まりであった。

主君を失った牢人は武士ではなくなる。それでいながら両刀を差して街道を闊歩《かっぽ》することが暗黙とはいえ認められているのは、牢人は主君を求めて浪々している者であるという、一種武士の情けのような忖度《そんたく》の結果であった。

その武士に準ずる者を町人が討ち果たした。

もちろん、咎《とが》められることはなかった。襲われたから反撃しただけだからだ。それでも治安を預かる奉行所としては、めでたしめでたしで終わらせるわけにはいかなかった。

「どのような経緯をもって、大久保屋の奉公人になったかを有り体《てい》に申せ」

取り調べに近い対応を奉行所はしてくる。

なぜならば、牢人から商人の奉公人になる者が少ないからであった。

武士は金勘定を嫌う。武士は一所懸命だからである。武士は命を賭けて戦って、その褒賞として米の稔る土地を手にする。そしてその米の半分から六割ほどを年貢として取りあげ、それで生活をする。

当たり前だが、米さえあればいいとはいかない。武具を手に入れ、人を雇い、屋敷を維持するにはそれなりの金が要った。

毎年、年貢のなかから自家消費分や家臣への扶持《ふち》を引いた残りを武士は売却して金を得ている。

問題はここにあった。

「なぜ、同じだけの米を売っているのに、去年よりも少ないのだ」

「今年は米の穫《と》れがよく、相場が下がっておりまして」

「相場とはなんじゃ」

「余っているところから足りないところへ売るのが商いの基本でございますが、米が穫れすぎると余っているところばかりになり、足りないところが少なくなりまする。そうなると売り買いが成り立ちませぬ。そこで値段を下げて、余っているものを引き取ってもらう。当然ながら、米が穫れなかったときは、余りが減り、不足が増えますゆえ、欲しい者が増えて値段があがりまする。これが相場で」

「米は米であろうが。その値段では、当家の入り用が賄えぬ。去年と同額で買え」

商人の説明を武士は理解できない。いや、理解しようとしなかった。力で押さえつけることが武士だと思いこんでいる。

「では、なかったことに」

商人がそっぽを向く。

「我らがいなければ、やっていけぬくせに。足下を見おって」

結果、武士は商人を怒り、嫌う。

こういった武士が牢人になって仕官できなかったときに選ぶのが帰農であった。なにせ乱世ではなくなり、今まで隣国との境界に近く戦場になりやすかった土地が開拓できるようになった。

「田畑を耕すならば、土地を貸し与えよう」

領主も歓迎してくれる。身体を鍛えている武士は即戦力になった。

そんな武士が、相場だとか算盤《そろばん》だとかをわからないとできない、なにより嫌っている商家の奉公人を選ぶわけはない。

「なにか、あるのではないか」

国元で人を殺しただとか、武士として恥じなければならないまねをしたとか、なにか脛《すね》に傷を持つ身に違いないと奉行所が疑うのももっともであった。

放置しておいて、長崎でなにかしでかされても困る。調べはかなり執拗《しつよう》になり、一日や二日で終わることはまずなかった。

「……ということで、すべて斎さまのお手柄にしていただきたく」

大久保屋藤左衛門が弦ノ丞に頼みこんだ。

「それは……」

他人《ひと》の手柄を取るというのは、武士として恥ずべき行為である。

弦ノ丞が渋った。

「今、二人の手代に抜けられると……」

牢人によって破られた大戸を大久保屋藤左衛門が見た。

「しかしだな」

守りがない状態で、基輔と元三郎の二人がいなくなるのは、たしかに怖い。だからといってすんなりと受け入れるわけにもいかなかった。

「辻番さまのお力ということに」

弦ノ丞個人ではなく、辻番が奮闘したということにすればと、大久保屋藤左衛門が提案した。

「お奉行さまもさぞやご満足なさいましょう。辻番は馬場さまのご発案だとか」

「ふむ」

ささやかれた弦ノ丞が思案した。

「辻番全体のお手柄にしたほうが、ご都合がよいのでは」

「こやつっ」

続けて吹きこんだ大久保屋藤左衛門に弦ノ丞が驚愕《きようがく》した。

弦ノ丞が江戸へ召還されるという話を、大久保屋藤左衛門は知っていると言ったのだ。

もし、弦ノ丞一人で多数の牢人を斃《たお》したとなれば、その武を馬場三郎左衛門が惜しがり手放そうとしなくなるやも知れない。

「なぜ知っている」

「蛇の道は蛇。商いはあちこちに耳をそばだてませぬと儲《もう》けが少のうございまする」

「国元か」

嗤《わら》った大久保屋藤左衛門に弦ノ丞が苦い顔をした。

国元の重臣と大久保屋藤左衛門が繋《つな》がっているとの疑いを弦ノ丞が濃くした。

「では、それでお願いをいたしまする」

睨《にら》む弦ノ丞に大久保屋藤左衛門がにこやかに頭を下げた。


うまく弦ノ丞をあしらい、長崎奉行所からの取り調べを回避した大久保屋藤左衛門だったが、船出しが遅れることに苛立《いらだ》っていた。

「まだですかい」

船を預かる船頭としては、悪天候への挑戦は避けたい。

「今、目立つまねは避けたいが……」

ごまかしたつもりでいても、長崎奉行馬場三郎左衛門は曲者である。どこかで大久保屋を見張っているかも知れない。下手なまねは命取りになる。

大久保屋藤左衛門が決断できないでいるとき、不意に鋭い声が、船頭を呼んだ。

「どしたあ」

「あれを」

振り向いた親方に水主の一人が、沖を指さした。

「……冗談じゃねえぞ」

水主が指さした相手を理解した船頭が顔色を変えた。

「どうしたんだい」

船頭の変化に大久保屋藤左衛門が疑問を口にした。

「旦那、今日の出港は無理になりやした」

「なぜ」

「御用船が入ってきやす」

一層怪訝《けげん》な顔をした大久保屋藤左衛門に船頭が告げた。

御用船はすべてにおいて優先される。基本として、御用船が船を岸に着けるまで、すべての船はその場で停止しなければならず、すでに沖に出ている場合はお情けとして、しばらく後にそのまま湊を離れることは許されるが、まだもやったままの船は、特段の事情がないかぎり、御用船がいなくなるまで足止めを喰《く》らう。

「いつなら出せる」

大久保屋藤左衛門の表情が険しいものになった。

「わかりやせん。一日、二日はまず無理かと」

「勝手に出せば……」

「御用船相手じゃ、金なんぞ意味ございやせん。たちまち長崎警固の船に押さえられて、お縄になりやす」

船頭が大久保屋藤左衛門の考えを否定した。

「それはまずい」

大久保屋藤左衛門が唇を嚙《か》んだ。

「他の船も出せないんだね」

「へい」

確かめた大久保屋藤左衛門に船頭が首肯した。

「そうか。それは案外いいかも知れない。さすがの馬場さまも、御用船が来たとなれば、こちらに気を回している暇はないだろうからね」

大久保屋藤左衛門が口の端を吊《つ》りあげた。

「御用船だと」

長崎奉行馬場三郎左衛門が配下の報告に驚きの声をあげた。

御用船はお召し船と違って将軍家が乗ることはないが、使者番、執政、目付、勘定奉行などが任を果たすために使用するものである。

つまり、船には長崎奉行よりも格上の幕府役人が搭乗しているとの証であった。

「どなたかわかっているか」

長崎のすべてを差配する長崎奉行の権は大きいが、異人を相手にするということから幕府の奉行職のなかでは格下に位置づけられている。

降りてきた相手によっては、長崎奉行としての職務を明け渡さなければならなくなることも考えられた。

それですめばいいが、土井大炊頭の指示で長崎へ出されている馬場三郎左衛門を政争の鍵として使うため、江戸への召還を命じられるかも知れないのだ。

馬場三郎左衛門が御用船に誰が乗っているかを少しでも早く知りたいと思うのは当然であった。

「まだ、どなたとの通達は参っておりませぬ。なにより……」

「なによりなんだ」

いつもは沈着冷静な馬場三郎左衛門が荒い声で追及した。

「御用船の旗印を掲げているのは、松浦家の船でございまする」

「松浦の藩船に御用船の旗印がか」

馬場三郎左衛門が困惑した。

「……となると御上《おかみ》の役人は乗っておらぬな」

よほどの緊急、御座船《ござぶね》が沈没したとか、お召し船の警固を命じられた大名の藩船を監察するかでもなければ、役人は他藩の船に乗ることはなかった。

まったくないわけではないが、大名の領内とか限られたところだけであり、通常は幕府の持ち船か、徴用した船を使用した。そして、徴用の場合は、どこの藩の船であろうが、幕府のものとして扱われるため、藩船旗を揚げさせるはずはなかった。

「……辻番のことか……とうとう伊豆守が辛抱できなくなった」

少し考えただけで、馬場三郎左衛門がそこに至った。

「殿」

側《そば》に控えていた家臣が気遣いの声をかけた。

「由利、どうやら江戸は昔へ遡ることになったらしい」

馬場三郎左衛門が小さく嗤った。

「異国の力、その利をわかっていながら、老中どもはそれらすべてを切り捨てるつもりのようだ」

「…………」

由利が沈黙した。

「我が国は、南蛮から取り残されよう。鉄炮《てっぽう》、大筒、戦乱を終えることができたのは、これら異国の文明であったというに、たかが異教の者を怖《おそ》れて……」

大きく馬場三郎左衛門が嘆息した。

「天下人たる器ではないな」

「殿っ」

家光を名指しで非難した主を家臣が諫《いさ》めた。

「ふん。怖れることはない。聞かれたとしても、せいぜいできてお役御免じゃ」

「後々に障ります る」

嘲笑を浮かべる馬場三郎左衛門に由利が諫言《かんげん》した。

「後……そのようなもの、もう余にはないわ」

馬場三郎左衛門が苦笑した。

「決断ができなかったのだからの」

「いかなることかお伺いしても」

あっさりと没落を受け入れる主に家臣が尋ねた。

「余は、異教の者たち切支丹《キリシタン》の脅威を知っている」

馬場三郎左衛門は島原の乱の鎮圧に参加していた。

「そこで鎧兜《よろいかぶと》に身を固めた武士が、錆槍《さびやり》、野良着の百姓兵に討たれていくのを目の当《ま》たりにした。いや、こちらが槍で突き通したはずの敵が、槍を体内に食いこましたまま、持ち手のもとまで近づき、喉に食らいついて共に死んでいくのを見た」

「わたくしも見ておりました」

腹心である由利は、馬場三郎左衛門にずっと付き従っていた。

由利も顔色をまた変えた。

「たしかに切支丹は脅威だ。禁じることはやむを得ぬ」

馬場三郎左衛門が禁教を認めた。

「されど交易は、それをこえる利がある。危惧と利益を天秤《てんびん》にかけて、考えるべきじゃ」

「天秤……」

ぐっと由利が手を握った。

「そうよ。単に切支丹が入ってこれぬように国を閉じるか、入り口で厳重に検査をして侵入を防ぐか」

「南蛮に国を開いたままで……」

由利が後半の考え方に目を大きくした。

「ああ」

「確実に見つけることができましょうか」

首を縦に振った馬場三郎左衛門に、由利が懸念を表した。

「無理だな。見落としは出る」

「それでは意味がないのではございませぬか」

「人を完全に止めることはできぬ。とくに心のなかのことではな。なにを考えているかなど、わからぬ」

「………」

あっさりと言う馬場三郎左衛門に由利が沈黙した。

「その代わり、見つけたときは厳罰で報いる」

「今でも隠れ切支丹は見つけ次第捕縛、転宗せぬ限り入牢《じゅろう》、場合によっては磔《はりつけ》、あるいは火刑などの処罰を受けておりますが」

今でも十分に厳しいと由利が述べた。

「やりようはいくらでもある」

馬場三郎左衛門が淡々と続けた。

「家族はもちろん、村や町ごと焼き尽くすとかな」

「……っ」

馬場三郎左衛門が苛烈な刑を口にし、由利は息を吞《の》んだ。

「見せしめよ。いくつかやってみせれば、もう手出しはしてこぬだろう。拡《ひろ》げようとしたら、無関係の無辜《むこ》の民が巻きこまれて死ぬ。その噂が拡がれば、伴天連《バテレン》どもの話を聞く者はいなくなるだろうし、我が国以外でも布教は困難になるだろうからな」

馬場三郎左衛門が嗤った。

かかわれば、皆殺しになる。そんな宗教がどのような説教をしようとも、耳を傾ける者は出てこない。話を聞いてもらわないことには、神の教えも伝わっていかなかった。

カトリックが広く東洋に受け入れられたのは、神の前では大名も百姓も同じであるということと、その地方の言葉を宣教師が学んで意思疎通を図ったからであった。

いくらいいことを言われていても、言葉が通じなければ鳥の鳴き声と変わらない。いくら民が不便を訴えようとも、言葉がわからなければ宣教師はなにもできない。

もちろん、イスパニア語、ラテン語、ポルトガル語、英語を平然と使い、日本語なんぞ気にもしない宗派もあったが、当然、それが受け入れられるには暇がかかる。なにより、施政者に我らの言葉を覚えろと強要はできないのだ。

通じ合う。この努力を宣教師のほとんどが怠らなかった。

この努力も意味をなさない方法を使うべきだと、馬場三郎左衛門は言った。

「心のなかまで管理はできぬ。できぬのならば、潰せばいい」

馬場三郎左衛門は徳川の家人《けにん》であり、幕府のことしか考えていなかった。

「お奉行さま、御用船よりの使者が参っておりまする」

「うむ」

襖《ふすま》の外から配下の与力が榊主水の到着を伝えた。

「付いてこい」

由利にそう告げて、馬場三郎左衛門が榊主水の待つ対面所へと向かうために腰をあげた。

三

弦ノ丞のもとにも藩船が着いたという一報は入っていた。

「……御用船の旗印を掲げていた」

その報告に弦ノ丞が首をかしげた。

「しびれをきらしたのでしょうよ」

一緒に聞いていた志賀一蔵が気付いた。

「老中首座さまか」

「おそらくは」

頬をゆがめた弦ノ丞に志賀一蔵が首肯した。

御用船の旗印は重い。もし、松浦家が勝手に掲げたとしたら、藩主は切腹、藩はなくなり、家臣は路頭に迷うことになる。

「準備をなされたほうがよろしいかと」

転任を受け入れるしかないと志賀一蔵が助言した。

「さすがの長崎奉行さまも……」

御用船の旗印まで使って、弦ノ丞を松平伊豆守は迎えに来た。これを邪魔すれば、いかに長崎奉行といえども無事ではすまなかった。

「本気になった老中首座さまには逆らわれますまい」

馬場三郎左衛門の抵抗も終わるかと言った弦ノ丞に、志賀一蔵が同意した。

「ここでも任の途中で投げ出すとは。無念なり」

弦ノ丞が忸怩《じくじ》たる思いを口にした。

「……………」

志賀一蔵が痛ましそうな目で弦ノ丞を見た。

かつて江戸の辻番頭だった弦ノ丞は、潰された松倉家の牢人が、家光の御成《おなり》行列を襲うという愚挙を起こすことを知り、それを防ぐ一助となった。また、松浦家の隣接していた旧松倉家江戸屋敷が牢人によって放火されるというのもあった。

「屋敷への延焼を防がなければならぬ」

弦ノ丞は配下の辻番を使って松倉家の屋敷を命をかけて消火させ、松倉家牢人の策を潰した。

「我らの命を……なんだと」

当然、弦ノ丞はもとより辻番たちの身に危難が及んだ。

ことが収まった後、その件で配下たちが、弦ノ丞を糾弾した。

「斎どののもとでは、お役を果たせぬ」

辻番たちが弦ノ丞の排除を滝川大膳らに求めた。

「時期が悪い」

松倉家牢人の御成行列襲撃は防がれたが、家光を崇拝している老中たちの怒りは収まっていない。いかに功績を立てたとはいえ、こんなときに家中でもめごとを起こすのはまずい。

「国元へ戻れ」

滝川大膳ら江戸の重職は弦ノ丞を平戸へと帰し、辻番たちの不満を解消した。

「物頭格とする」

失意の弦ノ丞は、国元で破格の出世をし、

「当家の臣にはたりぬ」

弦ノ丞を追い落として得意となっていた辻番たちは、それぞれ難職へと転じられたうえ、ささいな失敗を咎《とが》められて、放逐された。

「勘定すらできぬのか」

なかには番方から勘定方へ移され、藩の帳簿を検算するという算盤の達人でなければ務まらない役目を命じられ、なにもできずにおたついたところを責め立てられた者もいた。

それだけ有能な者の足を引っ張った罪を松浦家は重く見ていた。

「交易の金がなくなった」

今までオランダとの遣り取りで潤っていた松浦家は、徳川幕府の定めた軍役よりも多くの家臣を抱えていた。

だが、その財源がなくなった。

「扶持米《ふちまい》を減らす」

「知行地を上納いたせ。同等の禄《ろく》を支給する」

松浦家は大きな改革を強いられた。

もちろん、すんなりと受け入れられるはずもなく、家中は落ち着いていない。

「無用の家臣を放逐するべきである」

どこの家中、藩でも考えつくことは同じであった。

だからといって、適当に処分するわけにはいかなかった。

「やむなし」

少なくとも周囲は納得させなければ、主君や家老への批判が噴出する。

ちなみに本人の了承はどうでもいい。どのように言いつくろったところで、本人が「仕方ない」と受け入れるはずはないからだ。

「藩のために動いた者を非難した」

これは家中の目を変えるだけの威力を持つ。

武士にとって家というのは重要である。それこそ、己、子供の命よりも大切であった。

その理由は、言うまでもなく武士の根幹である、恩と奉公に起因する。

恩という名の禄あるいは知行は、なにもなければ子々孫々まで保証されていた。そう、先祖の一人が偉かったお陰で手にした禄や知行は、どれだけ無能な子孫が続こうが奪われない。

そして、その代償が奉公であった。奉公とは、軍役を果たすことでもある。戦に決められただけの戦力を出す。

つまり、必死で戦えということなのだ。

己が仕えている主君が負ければ、当然、恩も消える。昨日まで甘受していた禄や知行はなくなり、武士という身分から牢人へと落ちる。

戦場ではなにが起こるかわからない。

一人の失敗、独断、先走りなどで有利な戦いがひっくり返るなんぞ、珍しくもない話であった。

それだけに家中は一丸となる。ならなければならなかった。

「我らの命を軽視した」

「おまえらの命になんの価値がある」

「家が潰れたら、我らも巻きこまれるのだぞ」

どうどうと弦ノ丞を訴追した辻番たちを、家中の者は冷たい目で見ていた。

「真相は……」

実際は滝川大膳らが、どのようなことがあったのかを家中に流したからであるが、愚かな者たちはそれにさえ気づかなかった。

「職務怠慢」

「それでよく、上役を訴えたな」

「……………」

かつての辻番たちは、なにも言い返せなかった。

なにより、誰一人援護してくれなかったことが、かつての辻番たちの心を折った。

「悔しいのでござる」

弦ノ丞が吐き出すように言った。

「拙者の生涯が、他人によって左右される。それに逆らえぬのが……」

「斎どの……」

嘆く弦ノ丞から志賀一蔵が目をそらした。

武士の涙は見て見ぬ振りをするのが、情けであった。

「あのう……」

気まずそうに、小者が声をかけた。

「なんじゃ」

志賀一蔵が思わず、声をきつくしてしまった。

「えっ、あっ」

小者が萎縮した。

「……すまぬ。落ち着け。どうした」

一呼吸して平静を取り戻した志賀一蔵が、小者を促した。

「国元より、お使者の方が」

「わかった。お通しせよ」

ようやく小者が口にした用件に、志賀一蔵がうなずいた。

ての威儀を取り戻した。

「……かたじけなし。うむ」

ぎりぎりまで放置してくれた志賀一蔵に、弦ノ丞は感謝の意を示し、長崎辻番頭とし

「斎どの」

四

言うまでもなく、藩からの使者が伝えた命令は長崎辻番頭の任を解き、江戸へ向かうようにとのものであった。

「国元には一度立ち寄っても」

弦ノ丞が使者に問うた。

国元に妻の津根と子供が到着していると、先日報告があったばかりであった。

「大事ない。風待ちはあることだ」

船旅は天候に左右される。雨だ、風だ、波が荒いなどの理由で、湊に停泊することはままあった。

使者が微笑《ほほえ》んだ。

「ありがとうございまする」

弦ノ丞は藩の気遣いに感謝した。

「ただし、長崎からはできるだけ早く離れたし」

長崎奉行馬場三郎左衛門利重を使者は警戒していた。

なにせ長崎奉行には、長崎の湊を閉鎖する権限がある。そして、これには老中首座といえども苦情は言えなかった。

「挨拶に参る」

弦ノ丞が腰をあげた。

「明日の夜明けには発《た》ちまする。諸々《もろもろ》はそれまでに」

使者が、別れを告げる相手があるなら今夜中にと勧めた。

「そうでござった」

言われて弦ノ丞が気付いた。

「丸山でござるか」

笑いながら使者が尋ねた。

長崎に赴任した男がまず最初に知るのが丸山だといわれるくらい、名の知れた遊郭であった。

「丸山の妓《おんな》は装いが違う」

長崎は異国からの文物が手に入る。丸山の妓たちは、客のオランダ人、清人、豪商からもらった渡来の布で衣装を作って身に纏《まと》う。我が国との意匠の差は、とても埋められるものではないほど艶《あで》やかなのだ。

「ほう……」

江戸の吉原《よしわら》、京の島原《しまばら》を知っている者でさえ、目を剝《む》くのだ。国元から出たことのない者が、魂を抜かれるのも無理はなかった。

結果、丸山へ通い詰めることになる。

使者が笑ったのも無理のない話であった。

「そのようなところではございませぬ」

弦ノ丞が憮然《ぶぜん》とした。

「それはすまぬことでござった。そういえば、貴君のお内儀は江戸家老滝川さまの血縁でございましたな」

上役の姫を嫁にもらっておきながら、遊所通いなどするわけにはいかないと使者が、納得した。

「……では」

これもまた馬鹿にした話だが、世間ではそう思われても当然である。これ以上無駄にときを潰すわけにはいかないと、文句も呑みこんで弦ノ丞は背を向けた。

「木戸《きど》どの」

国元勤めだった志賀一蔵は、使者の顔を知っていた。

「うん」

木戸と呼ばれた使者が、怪訝な顔をした。

「二度と使者役をお引き受けにならぬよう」

志賀一蔵が釘《くぎ》を刺した。


三宝寺を出た弦ノ丞は、奉行所のある南西ではなく、西へと歩を進めた。

「ご免」

弦ノ丞は内町と外町の境目に近いところにある長崎代官所を訪れた。

長崎代官は、外町とその付近を支配する。治安維持、年貢の取り立て、街道筋の手入れなどをおこなう長崎代官の権は大きいが、長崎奉行の下役扱いであり、あまり思い切ったまねはできないようになっていた。

「これは斎さま」

門番からの報《しら》せを受け取った長崎代官で二代目の末次平蔵が出てきた。

「すまぬ。忙しいところを不意に」

弦ノ丞が最初に無礼を詫びた。

「お気になさらず」

末次平蔵が手を振った。

長崎代官は幕府の役人ではあるが、基本は商人、それも異国との交易を主とする豪商であった。

末次平蔵も先祖代々、長崎で交易をおこなってきた。

「江戸へ帰ることになった」

弦ノ丞にとって江戸こそ帰る場所であった。

「とうとうでございますか。御用船のお迎えとあれば、いたしかたございませんな」

告げた弦ノ丞へ、末次平蔵が述べた。

「さすがに耳が早い」

すでに御用船のことを末次平蔵が知っていることに、弦ノ丞が感心した。

「長崎代官所は高台にございますので。湊を出入りする船はよく見えまする」

末次平蔵が種明かしをした。

「明日の早朝に出帆することになった」

「ずいぶんと急ぎでございますな」

聞いた末次平蔵が驚いた。

「あの御仁の横槍を気にしているのだろう」

弦ノ丞が苦笑した。

「ですが、さすがに御用船の運航まで口出しはできますまい」

末次平蔵が首を横に振った。

「あの御仁だぞ。警戒してしすぎることはないぞ」

「……ふうむ」

念には念をと慎重な行動をしなければ、どこに罠《わな》があるかわからないと懸念を表した弦ノ丞に、末次平蔵が考えこんだ。

「……たしかに足止めの方法はございますな」

しばらくして、末次平蔵が弦ノ丞へ目を向けた。

「やはりあるか」

弦ノ丞が身を乗り出した。

「はい。船荷人足を押さえてしまえば、船になにも積めませぬ」

「荷船ではないぞ。御用船に荷積みなど……」

「水、米、塩などはいかがなさいます」

ないだろうと言いかけた弦ノ丞を末次平蔵が制した。

「あっ」

弦ノ丞が息を呑んだ。

船には水が要る。水のない船は、出航するなり遭難してしまう。

「水は一日一人につき、一升（約一・八リットル）要るとされておりまする。もっとも平戸までならば、洗濯や身体《からだ》の洗浄はせずともすみましょうが、それでも一人前五合（約九百ミリリットル）は必須」

末次平蔵が勘定を始めた。

「船に乗っているのは、何人で」

「藩からが十八人、船頭、水主が十人内外だろう」

長崎奉行への使いに、正副の二人、弦ノ丞のもとへ一人、それぞれに従者が二人ずつ付く。それに船の留守居と寄港地で水だとか食料などを手配する勘定方が二人、そこへ雑用をこなす中間、小者。そこに水主。合わせて三十人弱というところであった。

「となれば一日に十五升、万一に備えて二日分の予備も入れると……四斗（約七十二リットル）は最低要りましょう」

「四斗かあ。樽《たる》一つ」

「違いまする。樽は一つではございませぬ」

四斗樽を想像した弦ノ丞に、末次平蔵が首を左右に振った。

「一つでは、その樽になにかあれば、大事になりまする。少なくとも二つ、できれば四つに分けてとなりましょう」

末次平蔵が訂正した。

「一斗樽四つか。それくらいならば、運べよう」

一斗は十升、重さにして五貫（約二十キログラム）もない。

「樽の重さをお忘れではございませんか」

「それでも六貫ほどだろう。それくらいなら……」

船荷人足でなくとも運べるだろうと弦ノ丞が述べた。

「たわむ船板を渡り、揺れる船へそれだけの重さのものを慣れておらぬ者が運べましょうか」

「……難しいか」

「はい」

苦い顔を見せた弦ノ丞に末次平蔵が首肯した。

「なにも人足だけではございませぬ。他にもやりようはございまする。なぜか御用船の櫂《かい》に漁網が絡みついたり……」

そこで末次平蔵が声を潜めた。

「……御用船で不審火が」

「そこまでするか」

弦ノ丞が驚愕した。

「政というのは、命の遣り取りなのでございますよ」

「やはり、あれか」

弦ノ丞も声を小さくした。

「でございましょう」

末次平蔵が認めた。

「おぬしの父、先代末次平蔵が残した手記」

弦ノ丞が口にした。

今の長崎代官末次平蔵の父も長崎代官であった。といったところで世襲制ではなく、先代の末次平蔵は、豊臣秀吉に任じられ、そのまま徳川家康の支配になってからも代官を務めていた村山等安《むらやまとうあん》をキリシタンを擁護しただとか、大坂の陣で豊臣に内通していたとか、告発を重ねて失脚させ、その後釜に座った。

長崎代官となった先代の末次平蔵は、交易の利を独占するなどして蓄財を果たし、大いに権勢を誇ったが、傲慢になったあまりタイオワンの一件を引き起こした。

「江戸まで出頭せよ」

オランダからの訴えを受けて幕府から江戸へ召還された先代末次平蔵は、そのまま投獄され、獄死した。

「格別の憐憫《れんびん》をもって、家督をお許しくださる」

先代の末次平蔵が獄死した後、末次平蔵に家督はそのまま与えられ、臨時に長崎代官を務めていた馬場三郎左衛門利重が長崎奉行に転じた後、長崎年寄り衆の預かりとなっていた代官職も返された。

「よほどのことが、裏にあったらしい」

先代の末次平蔵の訴えに遭った村山等安が一族もろとも死罪になったのに比べて、あまりに軽い処罰である。

「連座も闕所《けっしょ》もない」

息子である末次平蔵はお咎めなし、先代の末次平蔵が貯《た》めこんだ財も取りあげられずそのまま、これには誰もが驚いた。

「どうやら、牢獄内で旗本によって斬殺されたらしい」

同じく江戸へ召し出されていた松浦隆信の近臣から、ひそかに先代末次平蔵の死の真相が伝わってきた。

「病死ではなく、斬殺」

それだけで、先代の末次平蔵の握っていたこと、かかわってきたことの怖ろしさに末次平蔵は気付いた。

訊《き》き出すために拷問を加え、やり過ぎて死なせることや、獄中の待遇の悪さから病を発してなくなることは、決して珍しくはなかった。

だが、獄吏でもない旗本が、牢にまで出向いて先代の末次平蔵を斬り殺したというのは、あまりにも異常であった。

だからこそ、末次平蔵は今までタイオワンの一件について、触れようとしなかった。

それに松平伊豆守が手を出し、馬場三郎左衛門が対抗した。

結果、弦ノ丞と末次平蔵は巻きこまれた。

「ところで、よいのでござるか」

弦ノ丞が真剣な表情になった。

「お父君の日記、松平伊豆守にお渡しすることになりますぞ」

「すでに馬場さまに見られておるのでございます。今さら気にしたところで、どうしようもございますまい」

懸念する弦ノ丞に、末次平蔵が開き直った。

先代末次平蔵がタイオワンの一件のことを含めて、長年記してきた日誌のことを二人は話していた。

先代末次平蔵の残した日誌は、その後一時期長崎代官となった馬場三郎左衛門が手に入れ、先日ようやく返還されたばかりであった。

「中身のご確認は」

おかしなことはなかったかと弦ノ丞が訊いた。

数年とはいえ、馬場三郎左衛門の手元にあったのだ。抜けや改竄《かいざん》の怖れを弦ノ丞は気にした。

「一応、読みましたが……」

自信なさげに末次平蔵が続けた。

「父の手跡にまちがいはないと思いまするし、加筆の痕もおかしな欠けもないように見受けられましてございまする。ただ……」

「相手がなあ」

「ええ」

馬場三郎左衛門の辣腕を二人はよく承知している。

すんなりと返してきたところなど、なにか企《たくら》んでいるとしか思えなかった。

「まあなるようになる。渡してしまえば、老中首座さまがお考えになられることだ。我らはどこまで行っても駒よ」

「でございますな」

苦笑する弦ノ丞に、末次平蔵がうなずいた。

「では、船荷人足はこちらで手配しましょう。水も」

「よいのか。拙者は長崎から離れるが、おぬしは……」

好意を申し出た末次平蔵に、弦ノ丞が危惧を口にした。

「大事ございません。馬場三郎左衛門さまも、ここに来てわたくしに手出しなさるほどの余裕はありますまい」

老中首座が本格的に介入してきたとなると、長崎奉行では太刀打ちできない。

末次平蔵が大丈夫だと手を振った。

「わたくしよりも、斎さまこそ、これからご苦労なさいましょう。伊豆守さまは、人を人とも思っておられませぬ」

松平伊豆守が弦ノ丞に求めることの困難さを、末次平蔵が慮《おもんぱか》ってくれた。

「言うてくれるな」

弦ノ丞が大いに肩を落とした。

「……では、息災であられよ」

「斎さまこそ、お身体にお気を付けて」

二人が互いを気遣った。

五

末次平蔵との別れをすませた弦ノ丞は、その足で長崎奉行所へと重い足を動かした。

「平戸松浦家の家中斎弦ノ丞でございまする。お奉行さまにお目通りを願いたく参じました」

もう顔見知りだが、これも礼儀である。しかも最後になる。

弦ノ丞がていねいに門番へと挨拶をした。

「伺って参る」

門番がすぐに対応した。

「報せは来ているはずだ」

御用船に乗っているのは、幕府の使者である。たとえ、松浦家の者が代理を務めたとしても、優先すべきは同じ家中の弦ノ丞ではなく、馬場三郎左衛門であった。

同時に使者を出したとしても、あとで苦情を申し立てられないように、馬場三郎左衛門と正使が会ったことを確認してから、弦ノ丞のもとへ使者が行く。

「あらかじめ口裏合わせをした」

うがった見方をされては困るからであった。

「……通られよ」

「かたじけなし」

許可が出た。

弦ノ丞は門番に一礼して、奉行所のなかへと足を踏み入れた。

門番は足軽と同じ身分であるが、幕府の直臣である。藩で物頭格であろうとも、相手への敬意を示さなければならない。

「こちらへ」

奉行所の玄関では由利が待っていた。

「お手数をおかけする」

由利は馬場三郎左衛門の家臣で陪臣になるため、弦ノ丞と同格として対応して問題はなかった。

「……松浦家の斎どのが参られました」

由利が奥の部屋まで弦ノ丞を案内し、廊下に膝をついて声をかけた。

「開けよ」

なかから馬場三郎左衛門の応答が返ってきた。

「はっ」

すっと由利が襖を開けた。

「斎弦ノ丞でございまする」

「離任の話《こと》よな」

すぐに馬場三郎左衛門が告げた。

「さようでございまする」

弦ノ丞が認めた。

「承知している。長くご苦労であった」

「お役に立てませず」

馬場三郎左衛門利重も弦ノ丞も形式的な挨拶で終わりかけた。

「では、これにて」

弦ノ丞が一礼して腰をあげようとした。

「後任は誰じゃ」

呼び止めるように、馬場三郎左衛門が問うた。

「急なことで、藩のほうも対応が間に合っておりませず、正式な後任はまだ決まってお りませぬ。近いうちに藩のほうから後任が送られてくるかと」

「それまでの間は、どうなるのだ。まさか、責任者が不在などということはあるまいな。そうならば、お役目を軽視していると取らざるを得ぬぞ」

まだ後任の派遣はされていないと応えた弦ノ丞を、馬場三郎左衛門が脅した。

「その間は、わたくしの副役でございまする志賀一蔵がとりまとめをいたしまする。引き継ぎ次第、ご挨拶に参上させまする」

「ふむ。その志賀一蔵とやらは、使えるのか」

「かつて江戸で辻番頭を務めておりました。今は国元で物頭格長崎派遣隊の副将でございまする。わたくしのような若輩ではなく、経験豊かな者、かならずやお奉行さまのご期待に添えるかと」

疑うような馬場三郎左衛門に、弦ノ丞が胸を張った。

「ならばよかろう」

馬場三郎左衛門がうなずいた。

「ただし、長崎を離れるまで、そなたが辻番の責任者である」

「はっ」

これ以上の抗弁はまずいと弦ノ丞が首肯した。

「……ふむ。よかろう。短い間であったがご苦労であった」

「畏れ多いことでございまする」

最後は労《ねぎら》いを受けて、弦ノ丞は馬場三郎左衛門の前を下がった。


大久保屋襲撃をあきらめて退いた建部と曽田だったが、金がない状況は変わっていなかった。

「ここはなにもかもが高すぎる」

湊近くに出ている屋台店で食事をすませた建部が、その費用に文句を言った。

「ああ。もう次は無理だな」

懐を探っていた曽田も嘆息した。

「仕事はない。諸色は高い。辻番もうるさい」

「よいところなしじゃの」

二人が顔を見合わせた。

「かといって、今さら長崎を離れるにも旅費がなあ」

「途中で百姓家でも襲いながらいくか」

長崎を捨てる相談を二人が始めた。

「そうだなあ。だが、峠を越えるまでの金もないぞ」

日見峠を越えて長崎を離れることはできる。さほど高いところではないが、それでも途中で水の補給、食事を摂《と》るくらいはしなければ保《も》たない。

「外町の百姓家を……」

「止《や》めておけ。先日、それをした連中が、辻番によって退治されたばかりだ。今も巡回しているらしい」

意気込んだ曽田を建部が抑えた。

「辻番は外町まで手を伸ばしておるのか」

曽田が驚いた。

「あやつらの足は速いし、思い切りもいい。まともに相手するのは……な」

「そういえば、あのときの佐々木たちも辻番一人にやられたと聞いた」

建部と曽田が難しい顔をした。

「さほどではないといえども五人いたんだぞ。それを一人でとは怖ろしいよな」

「大久保屋の奉公人も手伝っただろうが、それでも冗談ではない」

二人が合わせるように首を横に振った。

「……長崎は離れるべきだな」

「辻番がおるからの」

曽田の意見に建部が同意した。

「適当にその辺の家を襲うか。とりあえず三日分ほどの金が手に入ればいい」

「三日か。長崎を売ってどこへ行く」

目的地もなしにさまようのは嫌だと建部が曽田に問うた。

「島原では人を求めているというが……」

「今さら田畑を耕すでもあるまい」

曽田の言葉を建部が拒んだ。

「ならば博多だな」

「なるほど。博多は九州一の繁華な町だという。きっと我らに似合いの仕事もあるだろう」

「なくともよいさ。博多は豪商が多い」

「金には困らぬか」

にやりと二人が嗤った。

「では、行きがけの駄賃だな」

「三日分ならば、一両もあればいい。それくらいならどこでもあるだろう」

旅籠《はたご》に泊まると朝晩二食で一日二百文ほどですむ。泊まりを寺や神社の軒下などで辛抱すれば一日百文ほどですむ。一両は四千文、一日二人で四百文消費しても、十日は旅ができた。

「ここら辺は他人目が多い」

長崎の真価は湊にある。水揚げ人足や船乗りが山のようにたむろしている。とくに御用船のことで船出しできなかったのがそれに拍車を掛けていた。

「峠に向かいつつ獲物を探すか」

「ああ」

曽田と建部が湊を背にして歩き出した。

「……牢人」

そこへ馬場三郎左衛門との面会を終えた弦ノ丞が通りかかった。

「仕事を求めて湊へ向かったが、船止めでありつけなかったというところか」

船出しが続くと荷運びの人足が足りなくなる。揺れる船板を重い荷物を担ぎながら走り渡るという技能を持つ荷運び人足のまねを牢人ができるはずもないが、それでも桟橋まで荷を運ぶとか、荷造りの縄がほどけないかどうかを確かめるくらいの雑用ならできる。まさに猫の手だが、忙しいときはそれなりに重宝されているし、一日働けば三日は喰えるくらいの金になる。

「……それにしては落胆していないな」

　ふと弦ノ丞が曽田と建部に引っかかりを覚えた。

　荷運びの手伝いからあぶれれば、金は入らない。また、荷止めを喰らっている状況では、町中の商家も動きを止めている。

まず他の仕事はない。

「目配りも怪しい」

牢人になりたてだと、まだ仕官の望みがあると信じていたりして、武士の矜持《きょうじ》を維持できている。そのため目をまっすぐに前へ向けている。

しかし、夢が届かないと気づいたとき、頭は落ちる。それこそ小銭でも落ちていないかと目は足下を見る。

そして無頼に落ちた連中は、なにか獲物はいないかと常に周囲へと目を飛ばすようになる。

江戸から長く辻番を務めてきたことで、弦ノ丞はこのての見分けが付くようになっていた。

「……声をかけるか」

気になった弦ノ丞は、待たずに行動へ出た。

「長崎を離れるまで、おまえが責任者だ」

馬場三郎左衛門に言われたことが弦ノ丞を縛っていた。

「詰め所へ戻る暇はない」

一人しかいない状況である。いつも連れている小者も明日の準備のために三宝寺へ残してきている。

「…………」

剣の腕には自信がある。実戦も豊富だと自負している。

それでも相手が多いときは緊張する。

「待たれよ」

内町の川沿い、外町のほうへと徐々に坂道になるあたりで、弦ノ丞は背後から二人の牢人に声をかけた。

軽く膝を曲げ、鯉口《こいぐち》は切ってある。

「……うん」

「なんだ」

曽田と建部が振り向いた。

「辻番である。おぬしらは……」

「ばれた」

辻番だと弦ノ丞が名乗った途端、二人が太刀の柄《つか》に手をかけた。

「不逞《ふてい》の輩《やから》か」

すでに心構え、戦う準備ができていた弦ノ丞は、遠慮なく太刀を抜き放って斬りかかった。

「わっ、ぎゃあぁ」

掬《すく》うように斬りつけられた曽田が、下腹を割かれて絶叫した。

「こいつ」

その隙に建部が太刀をかまえた。

「抵抗するな」

「するわ。黙って殺される気はない」

弦ノ丞の制止を建部が拒んだ。

「おとなしく奉行所まで同道いたせ。罪を白状し、神妙にいたせば、御上にも慈悲があろう」

「慈悲だと笑わせるな。せいぜい斬首が切腹になるくらいだろうが」

再度の勧めも建部は受け入れなかった。

「武士として死ねるか、無頼として討たれるか。差は大きいぞ」

切腹は武士だけに認められた自裁の手段で、その後首を晒《さら》されたり、無縁仏として筵《むしろ》一枚で墓地に捨てられたりはしなかった。

「武士の名誉なんぞくそ喰らえ。死ぬことは一緒だ」

建部が斬りつけてきた。

「性根まで堕《お》ちたか」

「うるさい。飼い犬に野良犬の辛《つら》さがわかるまい」

かわした弦ノ丞に、建部が連撃を繰り出した。

「切っ先まで鈍《なま》ったようだな。無抵抗の者を斬っていてはさび付く」

弦ノ丞があきれながら、建部の薙《な》ぎをいなした。

「……ちっ」

怒りのあまり力の入りすぎていた建部の身体が流れた。

「ぬん」

その右首を弦ノ丞が撃った。

「……ああああ」

首から血を噴きあげながら、建部が断末魔の声をあげた。

「…………」

首根の急所を斬ったとはいえ、死んだとは限らない。油断なく、弦ノ丞は建部と曽田を見つめ残心の構えを崩さなかった。

「ふう」

しばらく様子を見て、ようやく弦ノ丞が息を吐いた。

「報告せねば……」

太刀に拭いをかけながら弦ノ丞が呟《つぶや》いた。

「最後の最後まで、踊らされていた気がする」

弦ノ丞は馬場三郎左衛門の顔を思い浮かべて大きく嘆息し、長崎奉行所へと今来たばかりの道を戻り始めた。

第五章　荒れる長崎

一

「このままでは季節が悪くなりやすぜ」

大久保屋の船を預かる船頭が難しい顔をした。

長崎から平戸へ向かうだけならば、よほどの悪天候でもどうにかなる。積み荷や乗っている者へ被害がでる覚悟はいるが。

しかし、タイオワンと呼ばれる台湾までとなると話は変わってきた。

「避《よ》け地がない」

国禁を破って台湾へ行こうかという大久保屋藤左衛門である。若いころは何度も船に乗って、琉球や朝鮮まで足を運んだこともあった。

なにが問題かをすぐに大久保屋藤左衛門は理解した。

「嵐になったときに、待避する湊《みなと》がない」

「さようで」

船頭が首肯した。

長崎から琉球までに風よけに遣える湊はいくつもある。熊本、鹿児島、奄美《あまみ》と名だたる湊だけでも片手の指くらいはあった。

だが、そのどれにも見張りの目があった。

なにせ島原の乱の記憶は新しいのだ。幕府は異国船の来航や、隠れキリシタンが船に乗って異国へ逃れようとすることを警戒している。

そんなところに風よけとはいえ寄港してしまえば、臨検は避けられない。そして探されればまちがいなく、五千両という大金は見つかる。

「この金は……」

臨検してきた者は当然問う。

「長崎から本店のある平戸に……」

「博多の取引先へ」

大久保屋藤左衛門が使える言いわけは、どちらも無理があった。

長崎からの船出とあれば、まるで逆だからであった。

たしかに嵐に巻きこまれてどっちが北やら南やらわからなくなってしまい、予想外の湊に船付するという話は稀《まれ》にある。

ただ、そのような状況になるということは、船は沈没寸前である。

「嵐が収まったので、船出を」

とはならない。

少なくとも修繕に十日、一カ月とかかるか、下手《へた》をすれば廃船にしなければならない。

ようは、誰かに見つかったり、頼ったりしてはいけない船出をするのだ。

「御用船が出次第でどうかな」

海の上では船頭がもっとも偉い。

「急げ」

「突っ切れ」

いくら金主、船主である大久保屋藤左衛門が命じようとも、それができるかどうかの判断は船頭がする。

「おまえなど、辞めさせる」

船頭を首にしても、

「ふざけるな」

「海のことなどわからねえくせに」

水主たちが従わない。

「放り出せ」

船頭がそう命じれば、大久保屋藤左衛門は水主たちによって海へ投げ捨てられる。

「遺体が見つかっては面倒だ。切り刻んで鱶《ふか》の餌にしちまえ」

こうなると葬式さえ出してもらえなくなる。

大久保屋藤左衛門が船頭に都合を問うたのは当然であった。

「……ううん」

じっと空を見あげた船頭が、続いて鼻をうごめかせた。

「……なんとかなるか」

船頭が天候は保《も》つと言った。

「問題は……警固はどちらだろうねえ」

大久保屋藤左衛門が首をかしげた。

先日、警固船をごまかすため、大久保屋藤左衛門は臨検を形だけのものとするように、佐賀藩に金を手渡していた。

「今日は黒田だな。中白の旗が翻っている」

黒田藩は初代長政《ながまさ》が関ヶ原で使った、上下が黒で真ん中を白く残した印を軍功の旗として使用していた。

船頭は目がよくないと務まらない。大久保屋の船頭が遠くに見える警固船の旗印を読み取った。

「明日なら佐賀藩か。だったら助かるけど……いつ御用船が出るか」

大久保屋藤左衛門が苦く頬をゆがめた。

「金は出さないと」

「さすがに二度は嫌ですねえ」

悟った船頭に大久保屋藤左衛門が首を横に振った。佐賀藩の警固船に先日二十両ほどの金を遣っている。少ないといえば少ないが、唐物《からもの》の商いに参加できず、儲《もう》けの出ていない今は痛い出費であった。

「御用船が出るなり続いてはいけますか」

「そっちの用意にどれくらいかかる。船はいつでも出せる」

船頭が今からでもと勧めた。

「……一刻《いっとき》（約二時間）あれば」

「一刻かあ、出遅れるな」

船頭が眉間にしわを寄せた。

「むうう」

大久保屋藤左衛門がうなった。

「御用船が出るのは事前にわかるので」

「わかるぜ。報《しら》せが来る。まあ、報せがなくとも水主どもの動きを見ていれば、後どれくらいで出るかは読み取れる」

自信満々に船頭が答えた。

「前もって船に金を運びこんでおくのは……」

「お勧めはしねえなあ」

大久保屋藤左衛門の案に船頭が首を左右に振った。

「悪心をおこすような奴《やつ》はいねえと信じているが、人は狂うからな。とくに金と女には弱い」

「見張りを付けても……」

「いくらだっけ、金は」

店から奉公人を出すと言った大久保屋藤左衛門に船頭が金額を確認した。

「五千」

「そりゃあ、駄目だ。それだけあれば、人生が何人分買える。それこそ一生涯丸山で生活できるぞ。おいらでも狙うわ」

金額を聞いた船頭が苦笑した。

「ではどうすれば……」

「御用船出帆の気配が見えれば、すぐに報せる。御用船でもすぐに出られるものではないからな、半刻（約一時間）くらいは猶予があるはずだ」

「間に合わせましょう」

「そうしてくれ。こればかりはおいらではどうにもできねえからな」

手早く進めると言った大久保屋藤左衛門に船頭が応じた。

「それと……水主どもが馬鹿をしでかさないように用心棒を付けてくれ。海の上で仲間割れなんぞ、ぞっとしねえからな」

「そうしましょう」

目つきを鋭いものに変えた大久保屋藤左衛門が首を縦に振った。


「……金はもらったが」

江戸行きに藩船を使わせてもらううえに、大坂から江戸までの旅費が支給された。

「先渡しは珍しい」

こういう場合、旅路の最中の費用は立て替えておき、後日勘定方へ申し出て弁済してもらうのが通常であった。

「斎どの」

出帆の朝、三宝寺前には残る辻番《つじばん》すべてが並んでいた。

「藩命にて任の途中で離れることになった。わずかな期間であったが、皆と一緒に役目を果たせたことを誇りに思う」

志賀一蔵から促された弦ノ丞が、一同の前で別れの挨拶を始めた。

「これからも困難に直面するだろうが、一同力を合わせて乗りこえて欲しい」

「はっ」

「肝に銘じて」

弦ノ丞の期待に辻番たちが応じた。

「以降は、藩から新たな指示があるまで、志賀一蔵に組を預ける」

「承知仕《つかまつ》った」

最後の引き継ぎを、弦ノ丞と志賀一蔵がおこなった。

「では、散会」

志賀一蔵が辻番たちを解散させた。

「頼んだぞ」

「ご懸念なく。異国の襲撃があれば、長崎警固役が戦いましょう。町中で火事があれば長崎奉行所が対応するはず。我らは馬鹿なことを考えて長崎へ来た牢人《ろうにん》、無頼を取り締まるだけでござる」

弦ノ丞の激励に志賀一蔵が笑った。

「馬場さまは甘くないぞ」

その程度ですましてくれるはずはないと弦ノ丞が危惧を口にした。

「大事ございませぬ。馬場さまは松平伊豆守さまに敗北したのでございまする。ここで無理をさせてなにかあれば、長崎奉行の座も危ないのは自明の理。おそらく、今後はことなかれで過ごされましょう」

「ことなかれか……」

弦ノ丞が考えた。

「長崎に異国の船が攻め入ってくることもございますまい」

志賀一蔵が首を左右に振った。

幕府は島原の乱に参加した隠れキリシタン、百姓、牢人を区別なく皆殺し、根切りにした。女子供にも容赦はしなかった。

このことは台湾、バタビアなどへと知られ、徳川幕府の厳しさは拡《ひろ》がっている。そこでさらに長崎へ来航したイギリス船を打ち払った。

「……悪評か」

「悪評も武器の一つでございまする」

顔をゆがめた弦ノ丞に志賀一蔵が言った。

「異国の脅威がなくなれば、長崎警固を町中へ廻《まわ》せる……」

ふと弦ノ丞が思いついた。

「伊豆守さまにでも、ささやかれては」

志賀一蔵が弦ノ丞の背中を押した。

黒田と鍋島が町中警固までしてくれれば、松浦は不要になる。解任とまではいかずとも、負担はかなりましになる。

「もう、国元に増員を求めずともよくなりまする」

長崎辻番は人手不足であり、今は休みなく稼働することでなんとかなっているが、このままでは遠からず破綻することは、弦ノ丞も志賀一蔵もわかっていた。

もちろん、何度も国元へ増員を願ったが、改革で人手を取られている現状、追加は一人も来ていなかった。

「はああ」

松平伊豆守の相手をしなければならない弦ノ丞が、大きくため息を吐《つ》いた。

「確約はできぬぞ」

「結構でござる」

やるだけやってみると述べた弦ノ丞に志賀一蔵が首肯した。

二

「明日の朝、御用船が出るようで」

船頭から大久保屋藤左衛門に報せが来たのは、前日の夕刻であった。

「金を積む用意を。明日の朝、明るくなったらすぐに店出しをするよ」

御用船さえいなくなれば、船を出せる。

船頭の話ではまだ安全な航海が予想されている。

「金を蔵から出して、荷車に乗せなさい」

船頭と話はすんでいる。大久保屋藤左衛門が指図をした。

五千両は大金である。一人で担げるほど軽くもない。

当たり前ながら、荷車の用意は要るし、警固も必須であった。

いかにできる手代がいようとも、暗いうちの移動は奇襲の怖《おそ》れがある。警固と運搬、先導をいれて五人から六人くらいならば、手慣れた牢人三人で十分に襲える。

最初に警固の二人を不意討ちして斃《たお》し、荷車の取っ手を持つ者を殺してしまえば、五千両を移動させることはできなくなる。あとは残った者を確実に片付ければ話はすむ。

「先触れを出すのを忘れないようにね」

さらに大久保屋藤左衛門はもう一手を配った。

湊の船に今から金が来ると報せに走ると同時に、途中の経路に異状がないかどうかの確認をさせる。

これで襲撃される可能性はほとんどなくなった。

「御用船に続けられれば、ありがたい」

湊には御用船の出発待ちが溜《た》まっている。出遅れれば、それらの後になり、下手をすれば出航は昼ごろになってしまう。

なにより船荷を狙う海賊や漁師崩れがいても、御用船の見える範囲で襲ってくることはなかった。

「いいかい、今夜は徹夜で見張りだよ。先日のように大戸を破られるようなまねは許さないからね」

「へい」

大久保屋の奉公人が緊張した。

御用船が出発することは、当日の警固役である佐賀藩鍋島家へも通知されている。

「警戒を怠るな」

さすがに湾内に海賊は出ないが、それでも御用船になにかあれば、当日の担当である佐賀藩の名に傷がつく。

赤々と松明《たいまつ》を灯《とも》した佐賀藩の警固船、小早船《こばやぶね》が数隻まだ夜が明ける前から湊から出ていた。

「ここまでせずともよいだろうに。あれは御用船の旗印を掲げてはいるが、松浦の藩船だぞ」

警固船に乗っている佐賀藩士が文句を垂れた。

「松浦の船がどうなろうともかまわぬが、もし御用船の旗印を潮に浸《つ》けるなどしてみろ。たちまち長崎奉行が騒ぐぞ」

「……長崎奉行か」

旗本に過ぎないが、その権は三十万石を超える佐賀藩主鍋島家をはるかに凌駕《りょうが》する。

「任を果たさず」

馬場三郎左衛門から江戸へ佐賀藩の怠慢で、御用船の旗印が汚れたとの報告があげられれば、大事になる。

「登城せよ」

ただちに藩主が江戸城へ呼び出され、

「下城を許さず」

足止めを命じられる。

呼んでおいて帰るなというのは、迎えの家老を召喚するためであった。

「このようなことが……」

大慌てで江戸城へ藩主を迎えに来た家老に、大目付が鍋島家当主の罪を告知、

「あらためて評定の場から沙汰あるまで、謹んでおれ」

外に出すなと釘《くぎ》を刺す。

ようは家老に藩主の逃亡を見張れと命じるのだ。

この後老中首座、大目付らが集まって、どのような咎《とが》めを与えるかを協議する。

「それにつきましては……」

抗弁する機会は与えられるが、しても無駄である。

「いさぎよくない」

それどころか、言いわけは見苦しいと罪が重くなる。

そうなったとき、長崎警固だった者がどうなるかなどは、言わずともわかる。

かかわった者、かかわっていない者の区別なく、まとめて切腹、改易。

「手を抜くなよ」

「わかっておるわ」

佐賀藩士たちが顔を見合わせた。


「出るぞおおおお」

日が湊を明るくしたころ、御用船が独特の尾を引くような声を合図に出立した。

「遅れるな」

その航跡を追うように、大久保屋の持ち船が続いた。

「……五隻か」

船頭が同じように桟橋を離れた船を数えた。

「どうだい、いけそうかい」

「機先を制したので、大事ありませんよ」

大久保屋藤左衛門の懸念を船頭が払拭した。

「ならば結構。頼んだよ」

「へい。今日は海は凪《な》ぎやす。夕方には島に着けるかと」

いきなり台湾に向かうのではなく、一度平戸の離島へ行き、そこでしっかりと今後の準備をするのだ。

安堵《あんど》した大久保屋藤左衛門に、船頭が予定を告げた。


「……来たぞ」

「ああ。船手《ふなて》、少し離れろ」

「承知」

佐賀藩の警固船が、御用船の針路を遮らないように舵《かじ》を切った。

「……おい」

佐賀藩士が同僚に声をかけた。

「どうした」

「大久保屋の船だぞう、あれ」

首をかしげた同僚に佐賀藩士が一艘《そう》の船を指さした。

「……だな」

「ずいぶんと急ぎだと思わぬか」

うなずいた同僚に佐賀藩士が言った。

「たしかに、御用船の尻に食いこむ勢いだな」

「それほど急ぐ用があるのか」

佐賀藩士が疑問を呈した。

「大久保屋といえば、先日気遣いを寄越《よこ》したな」

「らしいな。あれはあの日の当番でわけたらしい」

確認した同僚に佐賀藩士が嫌そうな顔をした。

「差し入れの酒を呑《の》んだろう」

同僚が訂正した。

「あの程度で分け前というのは……」

「ないよりましじゃ。久納《くのう》」

まだ不満を言う藩士に同僚があきれた。

「……金が要るのだ、右崎《うざき》」

久納と呼ばれた藩士が絞り出すような声を出した。

「金……丸山か」

同僚の右崎が気付いた。

「おぬし、ここ最近、非番ごとに通っているらしいな」

「落籍《ひか》したい妓《おんな》ができた」

真剣な表情になった右崎の問いに、久納がうなずいた。

「………」

右崎が黙った。

「楼に話をしたら、八十両でいいと言われた」

「八十両……」

金額に右崎が驚愕《きょうがく》した。

佐賀藩鍋島家は三十五万七千石という大大名だが、その内情はややこしい。有力な分家があるだけでも面倒なのに、戦国が終わるまで佐賀藩主鍋島家の主君であった龍造《りゅうぞう》寺《じ》家も抱えていた。

もともと佐賀藩は九州の名門少弐《しょうに》氏の家臣であった龍造寺隆信《たかのぶ》が下剋上《げこくじょう》を起こして独立した戦国大名であった。一時は大友《おおとも》、島津を相手に勢力を拡げ、五州二島の太守と呼ばれるほど版図を拡げた。鍋島家は、その龍造寺家の家老だった。

った。

九州の制覇を目指した龍造寺隆信は島津との決戦に臨んだが、大敗を喫して討ち死にしてしまった。一代の英傑を失って衰退し始めた龍造寺家を支えたのが、鍋島直茂《なおしげ》であった。

鍋島直茂は、豊臣秀吉、徳川家康に取り入り、肥前一国の差配を預けられたが、龍造寺家は勢力を高める直茂を警戒、そこに直茂の息子たちによる家督争いなども加わり、家中の騒動が収まらなかった。

なんとか分家たちを押さえこみ、龍造寺家を臣従させて、名実とも佐賀藩は鍋島家のものとなったが、騒動の余波はまだ家中に残っている。

なにせ分家と龍造寺家へ所領の一部を割かなければならなかった影響が大きかった。

「少ない」

なんとか知行を取りあげたり、削ったりはしなくてすんだが、それでも三十五万石の大藩とは思えないほど、家中の禄《ろく》は少ない。

そこへ金のかかる長崎警固役を押しつけられた。

「黒田に比べると……」

同役の黒田家と比較されるのが厳しいのだ。

黒田家は四十三万三千石、石高でいけば八万石ほどの差でしかないが、博多という九州一の湊と商業都市を抱えるその経済力は六十万石とも言われるほど多い。

その経済力の差を、負けている姿を領内ではなく、長崎で見せるわけにはいかなかった。大名としての矜持《きょうじ》は、二十万石や三十万石に代えられない。

「装備で負けることはできぬ」

鍋島家は長崎警固の詰め屋敷、所有する船舶、派遣する人数で黒田家と肩を並べようとし、その結果、藩の財政が傾いてしまった。

そのしわ寄せが、警固役として国元から長崎へ派遣されている藩士たちに来ていた。

「扶持が少ない」

「合力金《こうりょくきん》をいただかねば」

国元と違って、長崎は物価が高い。とくに地産できず峠越えするか、船で持ちこまなければならない食料の値段が国元の倍近い。

そして米が高くなれば、すべての物価が連動してあがる。

百石やそこらの藩士にとって、長崎警固は苦痛であった。

とはいえ、すべてが苦痛ではなく、国元ではまずお目にかかれない美形、衣装の遊女と遊べるという特典もあった。

だが、それは諸刃《もろは》の剣どころか、柄《つか》まで刃の付いた刀のようなもので、あっさりと沼にはまりこんで金を遣い果たす者が出た。

久納もその一人であった。

「おぬしの知行はいくらであった」

八十両という金額を聞いた右崎が確認した。

「九十六石二人扶持じゃ」

「合わせて百五石というところか」

一人扶持は年にして五石、一石はおおよそ一両で取引されている。手早く右崎が計算した。

「年貢を全部売り払ったところで、六十両に届かぬな」

「……ああ」

目を向けた右崎から、久納が顔を背けた。

「足りぬどころではないぞ。一年喰《く》わなくても足りぬ」

右崎が久納の肩に手を置いて続けた。

「おぬし、国元に妻子がいただろう」

「……おる」

苦しそうな顔で久納が認めた。

「妻子を飢《かつ》えさせるつもりか」

「わかっておる。わかっておるのだ。拙者がまちがっているとな。だが、止《や》められぬのだ」

諭す右崎に久納が小さい声ながら真情を吐露した。

「万一、落籍したとして、赴任が終わったらどうする。連れて帰ることはできぬぞ」

これが家老職だとか、数千石の禄を持つ大身となると妻以外に側室、妾《めかけ》を持つくらいは不思議でないが、下士が妾を囲うなど許されることではなかった。

「分不相応なり」

重臣の押領や無理難題は見て見ぬ振りをするが、横目付はこういった下士の傷を見逃さない。

「藩籍を削る」

禄を取りあげられて牢人にされるのが関の山であった。

「すべて承知のうえじゃ」

「……そうか。もう言わぬ」

久納の覚悟に、右崎が嘆息した。

「八十両、いや他の者への分け前もある。百両では足らぬ。二百は要るな」

「……右崎」

呟《つぶや》くような右崎に、久納が目を大きくした。

「唐来の茶碗《ちゃわん》一つで千両をこえるという。二百両くらい、長崎で唐物を取り扱う大久保屋ならば大した痛手にはなるまい」

「手伝ってくれるか」

右崎の考えに久納が歓喜した。

「言わずともわかっているだろうが、藩には内緒だ。知れれば、おぬしも拙者も他の者どもも破滅だ。落籍した妓相手でも漏らすことは許さぬ」

「あ、ああ」

急に肚《はら》を据えた右崎の言葉に、久納が震えた。

三

御用船を遮るものはいない。

松浦家の藩船は、長崎の湊を早々に抜け出した。

「離されるなよ」

方向も同じである。藩船を利用すれば、針路は空いたも同然であった。大久保屋の船頭が、水主たちを督戦した。

「帆はまだ張るな。風向きを見てからだ」

「櫂《かい》、もっと力を入れて漕《こ》げ」

船頭の指揮で大久保屋の船は、他のものより一艘分前に出た。

「そのままだ」

御用船を盾代わりにする。無関係とわかっていても御用船のすぐ後ろで騒動を起こすだけの度胸のある者はそうそういない。たとえ海賊でも、御用船を襲うことだけは決してしなかった。

「見つけ出して、かならず報いをくれてやれ」

御用船は幕府の面目でもある。それに手出しされて、放置していれば幕府が舐《な》められる。そしてその一穴が幕府という強固であるはずの建物を崩す。

「親方あ」

見張りが船頭を呼んだ。

「なんじゃあ」

「佐賀藩の船が近づいてきますぜ」

応じた船頭に見張りが告げた。

「……どういうことだ」

船頭が怪訝《けげん》な顔をした。

「……その船、止まれ。疑義あり、よって荷を検《あらた》める」

声が聞こえるほどの間合いになったところで、佐賀藩の警固船から命が発せられた。

「どうしやす」

櫂を操っていた水主が訊《き》いてきた。

「ちょっと待て」

船頭が急いで船室へ入った。

「旦那」

「聞こえていましたよ」

船室から顔を出した大久保屋藤左衛門が眉間にしわを寄せた。

「金を払っては……」

「今日はないですねえ」

念のために尋ねた船頭に、大久保屋藤左衛門が首を左右に振った。

「逃げ切れますかね」

「できないことはねえが、二度と船を長崎へ入れられなくなるぜ」

問うた大久保屋藤左衛門に、後々のことを考えたなら逆らうのは止めたほうがいいと船頭が述べた。

「……わかりましたよ。船が使えないと不便になりますからねえ」

イギリスと密貿易の話をまとめたとしても、ものは長崎を経由してからでないと抜け荷の品だとばれてしまう。

「じゃ、止めやすよ」

「ああ。できれば船室へ入られないようにしたいですね」

船室から出かかった船頭に、大久保屋藤左衛門が要求した。

「……金が要りやすぜ」

「五両までならいいですよ」

「へい」

船頭が段を上がっていった。

「どれ、わたしも行くとするか」

臨検となれば、船主の同道が必須であった。


「……斎どの」

船旅は珍しい。甲板で遠ざかっていく長崎を見ていた弦ノ丞に、船手頭が呼びかけた。

「なにかござったか、穂坂《ほさか》どの」

弦ノ丞がていねいに応じた。

船手頭は水軍を主とする松浦家では一目置かれている。身分としても物頭と同格とされている。物頭格の弦ノ丞よりも偉い。

「長崎警固の船が、後ろの船に制止をかけておるようでござる」

格下とはいえ、弦ノ丞は江戸家老の姻戚であり、藩主公の覚えもめでたい。粗雑に扱って、あとで痛い目に遭うのは避けたい。

穂坂が弦ノ丞を同格の者として扱った。

「後ろの船……大久保屋の船でございますな」

船には所属を示す旗というか帆が揚げられている。黒々と大の字を書いたそれは、平戸の者ならば見慣れた大久保屋藤左衛門のものであった。

「さようでございまする。もととはいえ、大久保屋は平戸の商人。さらに今でも藩とのかかわりがあるとも聞きまする」

「少し様子を見たほうがよいとお考えか」

穂坂の言葉に弦ノ丞が問いかけた。

「今回の老中首座松平伊豆守さまのお召しで、長崎奉行馬場さまの面目が潰れました」

「潰れたというほどではないと思いますが……まあ、馬場さまとしてはおもしろくございますまい」

語る穂坂の意見に弦ノ丞は同意した。

「八つ当たりはございませぬか」

「……それは」

大久保屋藤左衛門と松浦家とのかかわりは馬場三郎左衛門も知っている。もし、大久保屋藤左衛門が不始末をしでかしたら、その責任の一端くらいは押しつけてきかねなかった。

「それにここはまだ長崎の湾内でござる。御用船の旗印を掲げておけまする」

「なるほど」

御用船の旗印についての説明を弦ノ丞はすでに受けていた。

「お任せいたしましょう。拙者は辻番、海の上は管轄が違いまする。なんなりとご指示いただきたい」

穂坂の指揮下に入ると弦ノ丞が宣した。

「助かりまする」

船頭の多い船は碌《ろく》なことにならない。

すばやく判断した弦ノ丞のことを穂坂が好ましそうに見た。

「船を回頭いたせ」

「へい」

穂坂の指示に船頭がうなずき、指示を出し始めた。

「帆を半分、舵を切れ。櫂は右側だけ」

「へい」

指示も返事も的確に短く。海の上ではわずかな遅滞や齟齬《そご》が命取りになる。

「接舷したようで」

見張りの水主が報告してきた。

「急がずともよい。ていねいにな。しぶきで旗印を濡《ぬ》らすな」

念のためにと穂坂が皆に聞こえるよう、大声を出した。

大久保屋藤左衛門は停船の判断を後悔し始めていた。

「険しい顔をしている」

遠目ながら、警固船に乗り組んでいる連中の表情が見えたからであった。

「逃げられないかい」

「無理ですぜ。あっちは小早、こっちは足の遅い荷船。とてもとても」

訊いた大久保屋藤左衛門に船頭が手を振った。

「碇《いかり》を入れよ」

警固船から新たな命が飛んできた。

「縄を下ろせ」

小早は荷船より舷側が低い。そのままでは乗り移ることはできない。

「おいっ」

船を止めた船頭が警固船の指図に従った。

「……長崎警固の船である。神妙にいたせ」

右崎が縄を伝って乗りこんできた。

「これはこれは、お役目ありがとうございまする」

大久保屋藤左衛門が愛想よく出迎えた。

「おまえが船主か」

「さようでございまする。大久保屋藤左衛門にございまする。あれなるは船頭」

「うむ。すぐに船を止めたこと殊勝である」

ちらと船頭を見た右崎が、うなずいた。

「お検めのこととは存じまするが、わたくしどもになにか」

大久保屋藤左衛門が世間話もせずに切り出した。

「この船はどこへ行く」

「平戸でございまする」

右崎の問いに大久保屋藤左衛門が告げた。

「積み荷は何じゃ」

「空でございまする」

続けての質問に大久保屋藤左衛門が微笑《ほほえ》んだ。

「……空だと」

右崎の眼差《まなざ》しがきつくなった。

「はい。ご存じかどうか、わたくしどもは平戸から長崎へつい先年移って参りました。そのため、まだ平戸にいろいろなものを残しておりまして」

平戸から長崎へ陸路で来るのは峠越えもあって、なかなかに面倒であった。人足も大量にいるし、荷車などの用意もある。その点、船だと四日もあれば行って帰って来られるし、なにより大量に荷を運べる。

嵐にでも遭えば、すべてを失うこともあり得るが、長崎、平戸は近い。少し天候が読めれば、まず問題はなかった。

「なるほどの」

大久保屋藤左衛門の答えに右崎が納得した。

「では、船を検める。おい」

右崎が大久保屋藤左衛門の説明など、端《はな》から関係ないといった顔で、配下に命じた。

「はっ」

命じられた配下たちが、前に出た。

「…………」

「旦那さま」

黙った大久保屋藤左衛門に、基輔が小声で対処をどうするか訊いた。

「…………」

無言のままで手を少しだけ上下させ、大久保屋藤左衛門が指示のあるまで動くなと指示した。

「はい」

基輔が元三郎を連れて半歩下がった。

「甲板からだ」

「承知」

配下の足軽たちが、手にした六尺棒で甲板の上に置かれているものを突《つつ》いたり、敲《たた》いたり、水桶《みずおけ》のなかを覗《のぞ》きこんだり、予備の帆布をめくりあげたりした。

「異状なし」

「よし。次は船倉だ」

「ただちに」

続いて右崎の指示に従って、足軽たちが船の底へと降りていった。

「……なにもございませんでした」

すぐに足軽たちが戻ってきた。

「残るは船室だけだな」

右崎が大久保屋藤左衛門を見た。

「お役人さま」

大久保屋藤左衛門がすっと右崎との間合いを詰めた。

「お疲れ休めに」

すばやく大久保屋藤左衛門が右崎の袂《たもと》へ小判を落とした。

「……これはなんだ」

「なんというものでもございませんが、ご非番のおりにでもお遣いいただければ」

問うた右崎へ、大久保屋藤左衛門が述べた。

「何人でこれだ」

右崎が首をかしげて見せた。

「あと少しはお出しいたしますが」

「おい、船室を検めろ。念入りにだ」

全員での意をこめてささやいた大久保屋藤左衛門を相手にせず、右崎が止まっていた足軽たちを促した。

「承知」

足軽たちが船室へと降りようとした。

「おいくらで」

あわてて大久保屋藤左衛門が右崎に問うた。

「二百両」

「ふざけたことを」

常識を外れた要求に大久保屋藤左衛門が声を荒らげた。

「それだけ出せば、帰ってやる」

もう一度恩に着せるように、右崎が繰り返した。

「…………」

大久保屋藤左衛門が無言で、右崎を睨《にら》みつけた。

「右崎さま」

足軽の一人が上がってきた。

「なにかあったのだな」

「千両箱が五つも」

確かめた右崎に足軽が報告した。

「五千両だと……」

右崎の後ろで見ていた久納が驚愕した。

「ここまで持ってこれるか」

「なんとかやれましょう」

訊いた右崎に足軽が首肯した。

「大久保屋、この船は空荷だと申したな」

「…………」

右崎の指摘に大久保屋藤左衛門が沈黙した。

「ということは、五千両はおぬしのものではないということだ。持ち主のわからぬ荷は、我らが預かるのが筋というものだ」

「おい、五千両が手に入るのか」

宣した右崎に久納が興奮した。

「させるか」

五千両はいかに大店《おおだな》の大久保屋藤左衛門でも大金であった。このまま持ち去られてしまえば、店が傾きかねない。

「百両出しましょう」

大久保屋藤左衛門が絞り出すように言った。

「馬鹿か、おまえは。どこに五千両をあきらめて百両を取る者がいる」

右崎が鼻で嗤《わら》った。

「奪う気か」

大久保屋藤左衛門が絶句した。

「なんの荷もなく大金を運ぶ。これは抜け荷をしようとしている。そうだな、久納」

「ああ、抜け荷しか考えられぬ」

右崎に話しかけられた久納が同意した。

「抜け荷は重罪だ」

「磔《はりつけ》獄門であったか」

久納が右崎の言葉に乗った。

謀反や火付けではない。実際はそこまで重い咎めにはならないが、死罪から軽くて遠島、闕所《けっしょ》は喰らう。

「抵抗するであろうな」

「死にたくはなかろうからの」

また右崎と久納がわざとらしい会話をかわした。

「…………」

「なにを……」

水主たちも足軽たちも久納と右崎の様子を固唾を呑んで見つめた。

「抜け荷を見とがめられた船主が血迷って、我らを亡き者にして隠蔽を図るということもある」

「切羽詰まれば、人は短絡的になるものだ」

「だが、我らは精強」

「南蛮の連中を迎え撃つのも役目じゃでの」

「敵《かな》わぬと知って、船に火を放って……」

「五千両ごと海の藻屑《もくず》か」

二人の猿芝居が終わった。

「お頭……それは」

足軽が啞然《あぜん》とした。

「我ら二人は千両ずつでいい。あとは他の者で……の」

「……三千両を五人で。一人……」

算術ができるのはよほどの武家か商家くらいであり、足軽では割り算は時間がかかる。

「六百両でございますよ」

代わって大久保屋藤左衛門が答えた。

「……六百」

あまりの大金に足軽が息を吞んだ。

足軽の禄は藩によって違うが、概《おおむ》ね五石一人扶持から、三十俵二人扶持くらいで、金にして年間十両足らずから三十五両強の間になった。

「大久保屋……」

話を平然と聞いていた大久保屋藤左衛門に、右崎が異変を感じた。

「いやあ、おもしろいお話でございましたな。ただ、そううまくはいきませぬよ。こちらも抵抗いたしますので。一人二人には死んでいただきましょう。さて、その言いわけはどうなさいます」

大久保屋藤左衛門が口の端を吊《つ》り上げた。

「五千両と長崎を天秤《てんびん》にかけたら、五千両ですな。いつまで経《た》っても会所には入れてもらえませんし、このままでは金は出て行くだけ。ならば、ここは……」

イギリスとの密貿易にすべてをかける気に大久保屋藤左衛門はなった。

「商人が武士に勝てるとでも」

「元三郎、船室にいる者を。基輔、その二人を」

あきれた右崎に大久保屋藤左衛門はかまわずに指示を出した。

「おう」

「承った」

手代二人が懐に隠していた短刀を抜いて、飛び出した。

「抵抗するか。おい、久納」

「あ、ああ」

右崎と久納が太刀を抜いて、互いをかばい合える位置取りをした。

「なにをするっ」

六百両に酔っていた足軽は、元三郎の短刀を避《よ》けきれなかったが、船室へ降りる階段に立っていたことが幸いした。斬られた痛みで体を崩し、下へ落ちたのだ。お陰で短刀が届かず致命傷にはいたらなかった。

「敵襲」

落ちた足軽が絶叫した。

「下がれ」

「階段だ」

臨検を担当するだけに足軽も武には長《た》けている。すぐに六尺棒をかまえて、階段から降りてくる敵への対応を取った。

「ここで待っていればいい。階段は狭い。一人ずつしか上がってこられないからな」

うかつに追撃するほど元三郎は愚かではなかった。

「手向かいする気だな」

右崎がにやりと嗤った。最初から手向かいさせてすべて奪うつもりで煽《あお》っていた。

「…………」

威勢よく大久保屋藤左衛門の前に出た基輔だったが、武士二人を相手にするのは厳しい。さらに手持ちは短刀だけなのだ。

「ふん」

鼻で嗤った右崎が前に出た。

四

「どういうことだ」

船上で始まった闘争に、穂坂が驚愕した。

「船を着けていただきたい。止めねば、藩に危難が及びかねませぬ」

弦ノ丞が大声をあげた。

「あの大久保屋は当家出入りでござる」

「それはまずい。船を寄せろ」

すぐに意味を理解した穂坂が、船頭に命じた。

「ぶつけやすか」

「大久保屋の船ではなく、佐賀藩の警固船にぶつけろ。御用船に傷を付けたとして、佐賀藩を抑える」

「へい」

船のことは船将が詳しい。事後を見据えた指示を穂坂が出した。

「櫂あげろ、帆を少し張れ、舵まちがうなよ」

船頭がぶつかれば折れる櫂を引きあげさせ、帆と舵だけで船を動かした。

二呼吸ほどで御用船が佐賀藩の警固船へ横付けした。

「押さえろ」

穂坂が乗っていた船手方の藩士に警固船に残っていた佐賀藩士、足軽、水主を取り押さえさせた。

「飛び渡りまする」

弦ノ丞が助走を付けて御用船から警固船を越えて、大久保屋の船へと飛んだ。

「……なんとまた」

その思い切りの良さに穂坂が感心した。

「そちらは任せた」

穂坂が弦ノ丞の背中に声をかけた。

さすがに船一つ分を飛び越えるのはきつい。

小早は櫂が三十四挺《ちょう》以下のものをいうが、戦国を終えてからそれほど大きなものは不要とされ、小型になっていった。それでも横幅は二間（約三・六メートル）弱あった。

「うわっと」

弦ノ丞は大久保屋の船の舷側にかろうじて足をかけることができた。

「なんだ」

「……斎」

右崎と大久保屋藤左衛門が、弦ノ丞の登場に唖然となった。

「双方得物を仕舞え」

弦ノ丞が叫んだ。

「きさまは何者だ。これは長崎警固として正式な任である。邪魔立てするな」

右崎が弦ノ丞を押さえこもうとした。

「老中首座松平伊豆守さまのお召しで江戸へ参る斎弦ノ丞である」

「……老中首座松平伊豆守さま」

「まずい」

島原の乱で九州まで出向いて、一揆《いっき》勢全滅の指揮を執った松平伊豆守の名前は、よく響く。

「刀を仕舞え。でなくば信濃守さまのお名前を江戸で出さねばならぬことになる」

「それはっ」

「いかぬ」

弦ノ丞の言葉に右崎と久納が蒼白《そうはく》になった。

鍋島家の当主信濃守勝茂《かつしげ》は、手柄を逸《はや》るあまり島原の乱で松平伊豆守の指図を破って、総攻撃の前日に軍勢を動かし、原城《はらじょう》へ攻撃を仕掛けて厳しい叱責を受けている。

ここで右崎ら佐賀鍋島藩士が大久保屋藤左衛門の船を襲ったことを松平伊豆守に告げ

られては、今度こそ藩に危機が来かねなかった。

「わかった」

右崎と久納が刀を納めた。

「今っ」

好機とばかり出ようとした基輔の目の前に、弦ノ丞が太刀を突き出した。

「…………」

弦ノ丞の強さは、先日目《ま》の当たりにしている。基輔が退《ひ》いた。

「御用船の邪魔をしたことを言われたくなければ、なにもなかったことにせい」

目で弦ノ丞が警固船を示した。

「……邪魔」

言われた右崎が、警固船が穂坂たちに制圧されているのを知った。

「……承知した。久納」

「むう」

ここまできて金も手に入らずではと、久納が不満そうな顔をした。

「生きてなければ、花は愛《め》でられぬぞ」

「……わかった」

右崎に詰め腹を切らされることになりかねないと言われて、久納もあきらめた。

「大久保屋。平戸へ船を入れるのだな」

「もちろんわかっておりまするとも。なにもございませんでした」

顔を向けた弦ノ丞に、計画の失敗を覚った大久保屋藤左衛門も苦汁に満ちた顔で首肯した。

騒動はあったが、なんとか無事に弦ノ丞は平戸へ帰還した。

「疲れているだろうが、殿のお望みじゃ。明日には出立せよ」

報告に藩庁へあがった弦ノ丞へ、重役が申しわけなさそうに言った。

「大久保屋のことは」

「こちらで気にしておく。よからぬことに巻きこまれてはたまらぬ。佐賀に知られたようでもあるしな」

国家老が大久保屋藤左衛門との絶縁を宣した。

懐かしいというか、ほとんど住んでいなかった国元の屋敷へ、弦ノ丞が帰れたのはすでに夜であった。

「お帰りなさいませ」

気を遣った藩が先触れを出してくれていたからか、屋敷では久しぶりの妻津根が出迎えてくれた。

「今、戻った」

弦ノ丞が津根に近づいた。

「ご主人さま、奥方さまは産後のところに長旅をしてお疲れでございまする。お戯れはご遠慮くださいませ」

滝川家から津根に付いてきた女中が、弦ノ丞を制した。

「う、うむ」

弦ノ丞としては、一夜だけとはいえ肌を重ねたかったのだが、もともと病弱だった津根に無理をさせるなと言われてはしかたない。弦ノ丞は江戸を出てからずっと続いている禁欲を延長せざるを得なかった。

妻との逢瀬《おうせ》も満足にできず、一夜平戸で過ごしただけで弦ノ丞は江戸行きの船に乗せられた。

「国元で待っていてくれ」

江戸から平戸までは九十里（約三百六十キロメートル）をこえる。船を多用したとしても、女子供の足なら十五日近くかかってしまう。

ときもそうだが、それ以上に女の旅路には危険が伴う。

野盗、雲助、無頼、掏摸《すり》、枕探しなど、不逞《ふてい》の輩《やから》にとって、女の旅はおいしい獲物なのだ。とくに仕官を狙って島原の乱に参戦したが、どこからも声のかからなかった牢人たちの末路、法度《はっと》破りの斬《き》り盗《と》り強盗の多さが問題であった。

さすがに大名行列を襲うことはないが、従者を連れている小人数の武士は狙われる。徒党を組んで来るだけでも怖ろしいというのに、命を惜しまないのだ。

「ここで金を得なければ、飢える」

「飢えて野辺の骸《むくろ》となるくらいならば、戦って死ぬ」

飢えのつらさを知っている牢人たちは、命を平然と捨ててくる。

「こやつら……」

対して獲物扱いされた武士は、命がけになれなかった。

野盗や牢人を退治したところで、戦場における手柄ほどの功績にはならない。また、これが領内のことならば、領民を守った、治安を維持したとしてわずかな加増や藩主愛用の刀を拝領するなどの褒賞もあり得る。しかし、これが他領とか幕府領では手柄扱いにならなかった。

「貴殿の御家中のお陰で助かった」

そこの領主なりが、主君へ感謝してくれれば、

「いやいや、当家の者が役立ったならば、なによりでござる」

鼻高々になった藩主が、対外的な目的もあって褒美をくれることもある。

「………」

だが、ほとんどは知らぬ顔であった。

大名にしてみれば、領内のことを家中ではなく、他家の家臣に解決されるなど、恥以外のなにものでもないからだ。

討ち果たしても、なにもない。

「くっ」

下手をすれば殺される。

命は助かっても大きな怪我《けが》をして奉公できなくなる。よくて隠居、悪ければ放逐となった。

「強盗に負けたらしい」

そこまでいかなくても、噂《うわさ》が拡がってしまう。

当たり前だが、強盗は強欲、金銭はもとより、両刀、衣類など身ぐるみ剝がされて、褌《ふんどし》一つにされる。

丸裸で帰ってきたら目立つ。たとえ夜中でもどこかに他人目《ひとめ》はある。衣類や刀をなんとか手配できたとしても、家紋入りの羽織は間に合わない。

「情けない」

「武士の風上にも置けぬ」

他人の不幸ほど話題になるものはなかった。

「娘を返してもらおう」

「当家まで侮られる。今後は絶縁させてもらう」

妻子は実家へ引き取られ、親戚は付き合いを切ってくる。

「……ああ」

こうなると藩内での居場所はなくなる。

夜逃げをするか、恥を雪《そそ》ぐために切腹するしかなかった。

「公用以外はできるだけ旅をせぬことこそ無難なり」

武士でさえ、旅は嫌がるのだ。

今回、妻の津根が江戸から平戸まで無事にたどり着けたのは、大坂まで国元へ帰る藩士たちが同行してくれたこと、そして大坂から藩船に便乗できたからであった。

「斎への詫《わ》びである」

江戸でのもめごとの責任を取る形での辞任、帰国を哀れんだ藩主松浦肥前守が格別の憐憫《れんびん》をもって手配してくれた。

「滝川大膳さまのお姪御《めいご》になにかあっては」

平戸藩で藩主の次に権力を持つ江戸家老滝川大膳への忖度《そんたく》ももちろん作用していた。

だからといって、また江戸へとは願えなかった。

「厚遇が過ぎよう」

直接弦ノ丞を非難した連中は、すでに排除されているが、家中でも、下士に近かった斎家が辻番頭から物頭格へと引きあげられたことに嫉妬している者は少なくない。

物頭格は、端とはいえ上士に含まれる。

江戸辻番、長崎辻番でどれほど命を張って働いたか、老中首座松平伊豆守信綱、長崎奉行馬場三郎左衛門利重の二人に目を付けられ、どれほど牛馬のごとく酷使されたかを知らない連中は、弦ノ丞を認めてはいなかった。

戦国の気風がまだ色濃く、武士にとって手柄は戦場で立てるもの、一番槍《いちばんやり》、一番乗り、兜首《かぶとくび》をいくつ獲《と》ったか、とにかく目立つことこそ大事なのだ。

「いつまで古い考えに……」

松浦肥前守、滝川大膳らは徳川幕府の考えのなかで生きていくためには、どうすればいいかを日々悩んでいる。

「今年こそ、徳川を滅ぼしましょうぞ」

「まだ早い。しっかりと準備をいたして必勝を期す」

真実かどうかはわからないが、長州毛利《もうり》家では正月のおりに藩主と家老が年頭の挨拶代わりにこう遣《や》り取りをすると言われている。

「うまいやりかたよな」

「まさに」

　これをいつまで関ヶ原の恨みにこだわっているのか、徳川に勝てないとの現実が見えていないのかと嘲笑する者がいる。

　そう取るのが普通であるが、松浦肥前守と滝川大膳は違った。

「家臣たちの圧抜きになっている」

「毛利公が、倒幕などは無理だと押さえつけず、時期を待てと言い宥《なだ》めることで関ヶ原の恨みを表に出さずともすんでいる」

　二人はこのように理解していた。

「徳川は信用ならず」

　これは松浦肥前守と滝川大膳の認識であった。

「関ヶ原の戦いを傍観してくれれば、毛利家の本領は安堵する」

　徳川家康はそう言って毛利軍を戦場に参加させず、合戦に勝利した。

「大坂城で毛利前中納言《さきのちゅうなごん》が、石田三成《いしだみつなり》らと組んで徳川に反抗したという書付があった。これでは、とても本領安堵はできぬ」

　そんな危ないものを残したまま、豊臣秀頼《ひでより》の城代として大坂城を預かっていた毛利輝《てる》元《もと》が、退去するはずはない。

「そのようなものは……」

抗弁したところで、徳川家康は勝者なのだ。形だけとはいえ負けた側だった毛利家にそれ以上のことはできず、改易となった。

「吾《わ》が手柄を本家に」

徳川家康との間を取り持った一門の吉川広家《きつかわひろいえ》が懇願し、己に与えられた三十万石を差し出したことで、毛利本家は存続できた。

「二枚舌め」

「狸《たぬき》にもほどがある」

当然、毛利において徳川家康は仇敵《きゅうてき》であった。

「百万石のお墨付き」

他にも豊臣に与しなかったら奥州で百万石を与えると言われたのに、戦後なにもなかった仙台の伊達政宗《だてまさむね》など、徳川家康に欺《だま》された者は数多い。

「当家は付かず離れずでいくぞ」

近づけばいつ裏切られるかわからない。かといって遠くに逃げるとそれを理由に咎めてくる。

徳川家のやりかたを学んだ松浦家は黙して従いながら、決して幕府の役職に就きたいとか、家光に気に入られたいとかは考えなかった。

大名といったところで六万石、謀反を起こすだけの兵力などはない。松浦家としては目立つことなく代を継いでいければいい。

「もっと交易で金を」

傑物とうたわれた松浦肥前守隆信、その子鎮信が豊臣から徳川へと天下が移る激動の時期を無事に乗りこえて生き残ったにもかかわらず、跡を継いだ二代目隆信が金を欲しがって馬鹿をした。

他国を巻きこんで、徳川幕府を欺そうとした。

幸い、天下の宰相と呼ばれていた土井大炊頭が、なぜか松浦家をかばってくれ、なんとか咎めはなくすんだ。

「和蘭陀商館を取りあげられたが、家は残った。これからは他のことで収入を確保せねばならぬ」

二代目隆信から家督を引き継いだ現当主重信らは、できるだけ静かに、幕府の記憶から薄れようと努力していた。

その記憶を松平伊豆守が掘り返した。

「大炊頭の対応はおかしい」

松平伊豆守が疑念を持ったのも当然であった。

今でもそうだが、幕府はなにかあれば大名の力を削《そ》ごうとしている。

とくに外様《とざま》大名には厳しい。外様大名は徳川家に長く仕えてきたわけではなく、徳川が優利だと見て関ヶ原の合戦前後から臣従してきたものだからだ。

「いつ裏切るかわからない」

幕府にしてみれば、外様大名は信用ならない連中であった。

なにせ外様大名は、豊臣家に臣従を誓いながら、その力が落ちたとたんに徳川へと乗り換えた。

生き残るためにはいたしかたないとはいえ、いつまた徳川の敵に回るかわからないとの危惧がある。

「力を削ぐ」

そうなったときに戦うだけの力を奪っておけば、末代まで安心であった。

結果、多くの外様大名が些細《ささい》なことで潰されたり、封を削られたりした。

「松浦のしたことは重罪である」

タイオワンの一件を知った幕府に、二代目松浦隆信と先代の末次平蔵は示し合わせて、オランダから城が献上されたという荒唐無稽な作り話をしてごまかそうとした。

「御上《おかみ》を謀《たばか》ろうとするなど……慮外者め」

通常ならば、二代目隆信は切腹、松浦家は改易されている。

「国元へ帰ることを許さず」

幕府は、二代目隆信を江戸に軟禁しただけで一石も減らすことはなかった。

これを主導したのが、土井大炊頭であった。

「……………」

その土井大炊頭の権に陰りが出て、そのぶんだけ松平伊豆守らの力が増した。

「もう少し考えてはいかがか」

それでも土井大炊頭の影響は大きい。

新しく政を変えようとしたら、土井大炊頭が年寄り役然として口を出してくる。

「なかなかに難しゅうございまする」

「ただちに」

松平伊豆守らの指図では動きの悪い下僚が、土井大炊頭の指示だと迅速に動く。

「歯がゆいにもほどがある」

まだ新しい執政の力は幕政に浸透しきっていない。

家光の親政がいつまで経っても始められない状況に、松平伊豆守らが苛立《いらだ》った。

「これは……」

タイオワンの一件は現状打破、ようするに土井大炊頭を排除する妙手となるのではないか。そう考えた松平伊豆守が、松浦家に手を出した。

「これだけの武具をどうするつもりか」

松平伊豆守は島原の乱を抑えるために出向いた九州で、なぜか平戸にだけ訪れ、城だけでなく武具蔵まで検めた。

「分をこえておるな」

「武士の本分は、いざというときに備えるものだと心得ておりまする」

咎める松平伊豆守に松浦肥前守が応じた。

「過ぎたるは、謀反と疑われよう」

「当家がどれだけの武器を備えようとも、たかが六万石の身代でございまする。とても天下どころか、肥前を手にすることもできませぬ」

追及の手を緩めない松平伊豆守に、松浦肥前守が首を横に振った。

「ふん」

たしかにその通りであったし、もし、これ以上謀反を言い立てれば、たかが六万石を幕府は怖れたという悪評になりかねない。

「軍役は守れ」

武器は見逃がすが、人を雇うなと釘を刺し、松平伊豆守は松浦家を咎めることなく去っていった。

「このまま無事にすめばいいが……」

見送った松浦肥前守の怖れは、しっかりと現実のものとなった。

「タイオワンの一件について調べよ」

執政は他人の弱味を利用することをためらわない。また忘れたころに出してくる、その場で使うなどいつ使うのも思うがままであった。

「長崎に人をやる名分がございませぬ」

松平伊豆守から江戸城中で命じられた松浦肥前守が無理だと断った。

「長崎警固をいたせ」

「すでに黒田どの、鍋島どのがお務めでございまするが」

どちらも大大名である。とても松浦家では勤めかねると肥前守が遠回しに断った。

「真相がわかったら、解いてくれる」

調査をする間だけのものでいいと松平伊豆守が告げた。

「承知いたしましてございまする」

ときの権力者相手にいつまでも拒否はできない。

「……斎でよいか」

引き受けた松浦肥前守が屋敷で滝川大膳に相談した。

「堂々と老中首座松平伊豆守さまのお指図であると、口外するような愚か者は出せぬぞ」

権威を吾がものだと思いこむ馬鹿はどこにでもいた。

「斎ならば大丈夫でございましょう。一度松平伊豆守さまにかかわって痛い目に遭っておりまする」

「……では早々に余のもとへよこせ」

こうして国元で妻や子供との触れあいができるはずだった弦ノ丞は、休みなく新たな面倒へと送りこまれた。

解説

西卜心太

いくつもの笹舟《ささぶね》が浮かんだ小池に、両手で抱えられるほどの岩を投げ入れたところを想像していただきたい。岩は水面を大きく波立たせ波紋を広げていく。頼りない笹舟は押し寄せる波に翻弄され転覆する舟も出るだろう。その笹舟の一つが肥前平戸藩松浦家である。そして投げ入れられた岩が、領地に近い島原で起きた一揆《いっき》であった。

一六三七年（寛永十四）、島原藩主松倉長門守勝家《ながとのかみかついえ》の度を越した苛政に抗《あらが》った百姓と、激しく弾圧されていたキリシタンが合流して起こった一揆が、世に言う島原の乱（島原・天草一揆）である。松倉家や唐津《からつ》藩寺沢家だけでは抑えきれず、幕府は譜代の板倉《いたくら》重昌《しげまさ》を上使として派遣する。だが一万五千石の板倉を小大名と侮った西国・九州の外様《とざま》諸藩は、その命に充分従うことをしなかった。そのため三代将軍家光はさらに股肱《ここう》の臣である老中松平伊豆守信綱を送りこむ。それを恥とした板倉は、一揆勢が立て籠もった原城に対し、無謀な攻撃を仕掛け戦死してしまう。その後を受けた信綱は、兵糧攻めやオランダ船による砲撃も交え、ついに一揆勢を全滅させることに成功した。

幕府は一六二九年（寛永六）に武家地における治安安定のため、辻番《つじばん》の設置を大名や旗本に命じていた。松浦家江戸家老・滝川大膳は、すでに形骸化していた辻番の強化を実行する。松浦家と松倉家の上屋敷が隣り合っており、一揆鎮圧後でも不測の事態が起こるのを恐れたためだ。新たな番士として白羽の矢が立ったのは、剣の腕に優れた田中正太郎と志賀一蔵のベテラン二人と、若手の斎弦ノ丞であった。

このような状況で始まったのが〈辻番奮闘記〉シリーズなのである。本書『離任』の前に、『危急』（二〇一七年）、『御成』（二〇一八年）、『鎖国』（二〇二〇年）、『渦中』（二〇二一年）、『絡糸《らくし》』（二〇二三年）の五作品が刊行されている。

まずは時代背景をおさらいしておこう。徳川家康が征夷大将軍《せいいたいしょうぐん》に任ぜられ江戸幕府を開いたのが一六〇三年（慶長八）である。名実ともに武家の棟梁《とうりょう》になったのだ。だが大坂には大坂城に守られた豊臣秀吉の遺児・秀頼が一大勢力として控えていた。二年後に将軍の位を秀忠に譲った家康は、最後の仕上げとして豊臣家に戦を仕掛け、一六一五年（慶長二十）に大坂夏の陣によって豊臣家を滅ぼした。七月に元和と改元するも、家康は翌年に波乱に富んだ七十五歳の生涯を閉じる。そして息子の二代将軍秀忠により家康は東照大権現として日光東照宮に祀《まつ》られ、「神」となる。

家康から三代将軍家光の間に、幕府は譜代外様あわせて百二十家を超す大名の改易を行った。戦国の世のように他藩で再仕官できる時代ではすでになく、巷《ちまた》に牢人《ろうにん》があふれ特に江戸の治安は悪化した。辻番設置はそのための処置だったのである。それ以外にも幕府は武家諸法度を強化し、参勤交代を制度化し、インフラ整備（天下普請）を諸大名に命じるなど、あらゆる手段で大名家（特に外様大名）の力を削《そ》ごうとした。

本書が描く時代は開府からおよそ四十年、最後の大合戦である大坂夏の陣からわずか四半世紀である。大名たちの力は削がれたといっても、まだ戦場を知っている古い世代が生きていた。為政者側から見れば、いつ幕府をひっくり返すような企てが行われるか、常に危惧していた時期だったのである。

一方、幕府に従わざるを得ない、特に外様大名にとっては、頭の上にダモクレスの剣がつり下げられているような日々を送っていたことだろう。言いがかりに等しいような屁理屈《へりくつ》で、たとえ落ち度がなくても改易される。そのような恐怖を抱いていた。

その中でも松浦家は大変まずい立場にあった。松浦家が城内に多くの武器と食糧を備蓄していることが信綱に知られてしまったのだ。松浦家は藩内にオランダ商館を持ち、貿易によって石高以上の多大な利益を得ていた。謀反の意図などこれっぽっちもなくても、改易の理由はいくらでもつけられる。そんな状況に置かれていたのだ。そのこともあるため、滝川大膳は国元と連絡を密にしながら藩邸に新たな辻番を設け、遺漏なきように努めたのである。

一揆の責任を取るため藩主を斬首された恨みを抱えた島原藩士の暴走。藩主が蟄居《ちっきょ》処分になった唐津藩士も関与した、松平信綱邸に至る将軍御成行列への襲撃計画。それらを斎弦ノ丞たちが未然に防いだ顚末《てんまつ》を描いたのが初めの二巻である。その結果、老中の信綱に貸しを作ることができ、ひとまず危機を逃れることができた。

しかし藩命を一義にしたため、第二巻で辻番頭になっていた弦ノ丞と部下たちの間に齟齬《そご》が生じてしまう。そのため弦ノ丞は江戸を離れ、本国平戸へ初めて赴任することになった。さらに平戸から長崎に赴き、長崎奉行の命令によってこの地でも辻番を務めることになってしまう。

実は松浦家にはもっと大きな秘密があった。一六二四年（寛永元）ごろの、台湾での貿易をめぐるオランダによる関税徴収開始に端を発した台湾事件である。この事件は長崎代官の手先とオランダとのいざこざだが、これに先代藩主の松浦隆信がからみ、国書の偽造に手を染めたのである。改易されても当然の行為が甘い処分で済んでいたのはなぜか。信綱はこの件に幕閣にいる人物が関係していることをつかみ、藩に命じて弦ノ丞に探らせるのが、平戸・長崎編とも呼べる第三巻以降の展開なのである。

武家社会における重層的な構造が、本書のストーリーの背景になっていることに気づかれることだろう。時代は三代将軍家光の治世である。家光は英明と云《い》われているが、作者の目は批判的だ。配下の者に政策を任せきれず、将軍親政を進めようとしている。股肱の臣は松平信綱以下の老中たちだが、かつて女性に興味がなかった家光と衆道の契りを結んだ者たちばかりであった。そのおかげで小身の身から出世を遂げ老中に至った彼らを、世間は蛍大名と揶揄《やゆ》している。

それを知っている信綱たちは、家光の意向を絶対のものと斟酌《しんしゃく》して、あらゆる政策を決めているのだ。信綱グループは将軍親政がはらむ危険性に無頓着、あるいは目をつぶっているのだ。そのことを最も憂慮しているのが、家光のお目付役として秀忠から付けられた土井大炊頭利勝である。幕閣内にも名誉職の色が濃い大老に押し上げられてしまった土井利勝らの守旧派と、家光側近の松平信綱以下の老中との対立があり、その余波がもろに松浦家に押し寄せるのだ。そして藩を守るための困難なミッションが、斎弦ノ丞を中心とする辻番たちに与えられるのである。さらに長崎では長崎奉行を務める馬場三郎左衛門利重の思惑も重なり、複雑さと困難の度合いがいやが上にも増していく。

つまり幕府という絶対的な存在の中での争いが、外様大名を経て末端の藩士に降りかかってくるのだ。その辛《つら》いミッションを斎弦ノ丞がどのようにクリアしていくのか。その顛末と斎弦ノ丞の成長物語の側面をあわせた展開が本シリーズの第一の魅力であろう。

剣には自信がある弦ノ丞だが、辻番になるまで真剣で斬り合った経験はなかった。第一巻で初めて人を斬った時は「幽鬼のような、血の気のない蒼白《そうはく》な顔」をしていたものだが、場数を踏み江戸以上に治安の悪い長崎では、悪事を企む輩《たくら　やから》から恐れられる存在までになっていく。また政治の世界で生きてきた滝川大膳や長崎奉行馬場利重を前にしては太刀打ちできないものの、藩の危機を背負って働いてきたこれまでの経験から、年齢に似合わぬ思慮深さを持ちあわせてきた。

第二の魅力が先述した幕閣内でのパワーゲームの行方である。もちろん土井利勝はあと数年で亡くなるし、家光の寿命も後世の我々は知っている。だが虚実の被膜を縫うような時代小説ならではの趣向や仕掛けが、巻が進むにつれ明らかになっていくはずだ。それが楽しみでならない。

第三の魅力が剣戟《けんげき》シーンである。江戸が舞台の時も読みでがあったが、特に長崎編は一層凄味《すごみ》を増している。海外貿易の地が平戸から移ったばかりの長崎は、貿易による金《かね》儲《もう》けに邁進《まいしん》する商人、船乗り、荷役人夫たちが入り乱れる新開地となっていた。さらにそこに一揆の影響で禄《ろく》を失った食いつめ牢人たちも蝟集《いしゅう》してくる。まさにそれはウエスタン映画に出てくる無法の町を大きくしたような舞台である。その地で斎弦ノ丞は再び同役になった志賀一蔵とともにハードな戦いの日々を送るのである。

大老土井利勝と老中松平信綱の暗闘。それにからむ長崎奉行馬場利重。松浦家の命運を握る秘密文書。そしてその渦中に投げ込まれた斎弦ノ丞。長崎での奮闘を経て、ついに斎弦ノ丞は信綱の強引な命を受け、長崎を離れることになる。

おそらく次巻以降は江戸での新展開が待っていることだろう。江戸から平戸・長崎、そして再び江戸に。シリーズの大きな転換点となる本書をたっぷりと味わった上で、次作を楽しみにお待ちいただきたい。

（にしがみ・しんた　書評家）

本書は、集英社文庫のために書き下ろされた作品です。

上田秀人の本

辻番奮闘記　危急

九州で島原の乱が勃発し、江戸でも辻斬りが横行。肥前平戸藩松浦家は、幕府へのおもねりのため辻番を組織。治安を守るため二十四時間態勢で任務につくが……。書き下ろし時代小説。

上田秀人の本

辻番奮闘記二　御成

三代将軍家光の御成をめぐり、老中たちの権力抗争が勃発。これにまつわる企みを知った剣豪・弦ノ丞に密命が下るが……。若き辻番たちの活躍再び！　人気シリーズ待望の第二弾。

上田秀人の本

辻番奮闘記三　鎖国

弦ノ丞が江戸から国元平戸に赴任し、長崎の警固を命じられる。貿易の莫大な利権をめぐって暗躍する者たちに翻弄されながらも、藩のために命を賭して闘う辻番たちの活躍を描く！

集英社文庫

上田秀人の本

辻番奮闘記四　渦中

長崎で市中警固にあたる辻番に、密貿易を探る指令が。利権をめぐり、幕府や商人たちが暗躍するなか……。藩の窮地に若き剣豪・弦ノ丞らが命懸けで闘う。大人気シリーズ第四弾！

集英社文庫

上田秀人の本

辻番奮闘記五　絡糸

長崎の辻番となった弦ノ丞は、牢人の狼藉や密輸問題に翻弄される。平戸藩の窮地を救うため、弦ノ丞が選ぶ道とは。若き辻番たちが活躍する、大人気の書き下ろし時代小説！

集英社文庫

集英社文庫

辻番奮闘記《つじばんふんとうき》六 離《り》　任《にん》

2024年7月25日　第1刷　　定価はカバーに表示してあります。

著　者　上田秀人《うえだひでと》
発行者　樋口尚也
発行所　株式会社 集英社
東京都千代田区一ツ橋2-5-10　〒101-8050
電話　【編集部】03-3230-6095
【読者係】03-3230-6080
【販売部】03-3230-6393（書店専用）
印　刷　大日本印刷株式会社
製　本　大日本印刷株式会社

フォーマットデザイン　アリヤマデザインストア　　マークデザイン　居山浩二

ISBN978-4-08-744672-2 C0193